公元787年,唐封疆大吏马总集诸子精华,编著成《意林》一书6卷,流传至今

意林: 始于公元787年,距今1200余年

Mini Miss 出品

纯正+阳光+向上
为中国女生量身打造优质课外读物

吹出的未来

记仇

淑女文学馆
生肖萌萌兽系列
003

如意萌萌兽

花飒 著

傲娇仙君乖乖蛇 1

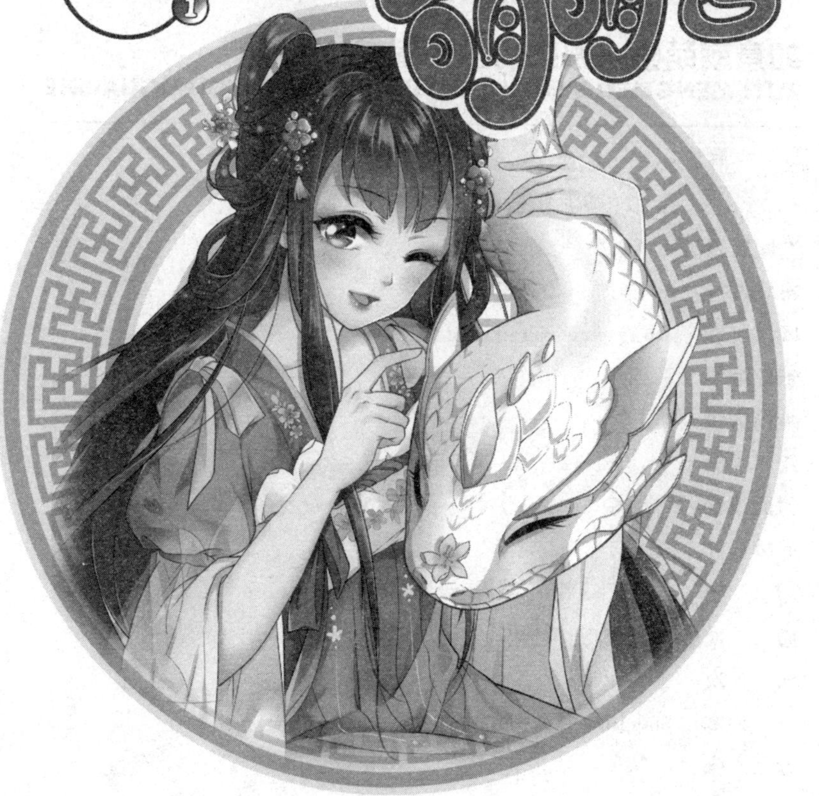

长江出版社

图书在版编目（CIP）数据

如意萌萌兽. 傲娇仙君乖乖蛇. 1 / 花飒著.
— 武汉：长江出版社，2019.1
ISBN 978-7-5492-6292-2

Ⅰ. ①如… Ⅱ. ①花… Ⅲ. ①长篇小说－中国－当代
Ⅳ. ①I247.5

中国版本图书馆CIP数据核字（2019）第025186号

如意萌萌兽：傲娇仙君乖乖蛇①
RUYI MENGMENG SHOU：AOJIAO XIANJUN GUAIGUAISHE①

出　　版	长江出版社	
	（武汉市解放大道1863号）	
选题策划	阿　朱	
市场发行	长江出版社发行部	
网　　址	http://www.cjpress.com.cn	
责任编辑	江　南	
特约编辑	朱　会	
绘　　画	兮瓜32	
封面设计	胡静梅	
装帧设计	王　宁	
印　　刷	三河宏图印务有限公司	
版　　次	2019年1月第1版	
印　　次	2019年3月第1次印刷	
开　　本	880mm×1230mm　1/32	
印　　张	6.5	
字　　数	159千字	
书　　号	ISBN 978-7-5492-6292-2	
定　　价	24.90元	

版权所有　盗版必究（举报电话：027-82926804）
（如发现印装质量问题，请与印务部联系退换，电话：010-51908584）

为中国女生量身打造优质课外读物

文◎《意林·小淑女》书系总策划　阿　朱

2010年1月，意林集团专门为女孩量身定做的读物《意林·小淑女》诞生了。创办之初，《意林·小淑女》旗帜鲜明地打出口号——"女孩都是小淑女，小MM陪你优雅过花季"。"淑女"取意为"内心美好、品质优秀的女孩"，明确为中国8~18岁的优质女孩服务，以"帮助女孩在快乐阅读中提高文学修养和综合素质"为宗旨，坚持"纯正、阳光、向上"的风格导向，内容着眼于"青春、梦想、成长、励志"，以期打造全新的、真正适合女孩阅读的健康课外读物。

凭借这样的精准定位和独特理念，《意林·小淑女》上市后，很快赢得女孩们的喜爱，在校园中引起巨大反响，女孩们表示："终于有女生的专门读物了！超级好看！"家长和老师也纷纷给出"孩子看后成长了很多""孩子的作文水平明显提高了"之类的积极反馈。2011年6月，在读者的热烈要求下，《意林·小淑女》在坚持宗旨、质量不变的前提下，出版频率加快，由原来的每月一期增加为每月两期；同年10月，《意林·小淑女》月发行量突破50万册，潜在读者超过80万人，其作为优质女孩喜爱的健康课外读物的地位逐渐形成，而迅猛增长的销售业绩也引来业界的极大关注，开始得到一些同行的模仿和追随，市面上类似风格的女孩读物相继出现（当然，最后能经得住市场检验的很少）。

2010年7月，《意林·小淑女》开始涉足图书出版领域，编辑部陆续推出《蔷薇少女馆（全套）》《迷藏（Ⅰ~Ⅳ）》《悠莉宠物店（全套）》《七寻记（Ⅰ~Ⅵ）》《钢琴小淑女（第一季~第六季）》《星愿大陆（①~⑨）》《现在是女生时代（①~⑤）》及"浪漫星语"十二星座小说系列等数十种图书，这些书在全国中小学校园中广为流传，无数小读者为之痴迷、陶醉，"《意林·小淑女》出品的图书本本畅销"这一观点也成为众多书店、经销商的共识。"《意林·小淑女》现象"逐渐成为一种社会现象，为各方所津津乐道。

2012年，创办满两周年的《意林·小淑女》步入加速发展轨道，编辑部创造性地提出"女生文学"概念，并希望将之上升到与儿童文学、青春文学并列的重要文学形态。《意林·小淑女》专注于为成长中的女孩服务的想法也更加清晰，编辑部计划在未来几年内，以每年出版几十种新书的速度，采用短篇文集、长篇小说、原创漫画、故事绘本等多种类型齐头并进的形式，为女孩们提供一批有规模、有质量、有品位的精品读物，打造中国女生喜爱的文学品牌。

在2012年7月之后出版（或修订）的所有《意林·小淑女》"淑女文学馆"系列新书中，我们都会特别放置这篇名为《为中国女生量身打造优质课外读物》的文章，来阐述我们对于建设中国女生文学以及推动女生健康阅读的崭新理念与思考。

★女生一定要选择适合自己的女生文学读物

首先,什么是女生文学?

《意林·小淑女》所定义的女生文学是指专门为女孩(特指8~18岁女孩)创作并适合女孩阅读的、符合女孩心理特点和审美要求、有利于女孩身心健康发展的各种文学作品。简单来说,就是所有适合女孩阅读的健康课外读物。

目前,国内未成年人的文学阅读笼统地分为儿童文学、青春文学等大类,市场上很难找到专门针对女孩创作的有规模、系统化的读物。事实上,女孩和男孩的大脑结构不同,思维方式、理解能力、审美要求不同,在阅读上也要区分性别,选择不同的读物。

《意林·小淑女》系列读物立足于女孩性别特点,专门为女孩量身打造,是专属于女孩们自己的读物,合乎年纪,合乎趣味,外观时尚、唯美、优雅,内容纯正、阳光、向上,是真正适合女孩阅读的健康课外读物,带给女孩全新的阅读体验。

★女生通过阅读女生文学读物提升写作能力,获取成长养分

8~18岁正是快速吸收养分、奠定阅读基础的黄金年龄,对于女孩一生的成长至关重要。《意林·小淑女》提倡女生文学要打破市场常规,"从低幼儿童文学及少女言情中解放出来",以深浅适度、风格纯正、健康向上、可读性与文学性兼具的内容,帮助女孩在快乐阅读中提高阅读理解能力、作文写作能力,汲取成长经验、成长智慧,全面提升素质。

在故事类型上,《意林·小淑女》系列读物既有贴近女孩生活和心灵的校园故事、成长故事、亲情友情故事等,又有极富想象力的冒险故事、幻想故事等,每篇文章的选取都将标准锁定为"题材新颖、内容阳光、主题积极向上、文风优雅纯正",并坚持拒绝浅薄幼稚、庸俗无聊、花哨言情等无内涵的文章。女孩们在健康文学的长期熏陶下,语感增强了,素材丰富了,思维开阔了,自然能做到心中有故事、下笔有话说,不再为作文犯愁;同时,这些文章里蕴含的温暖励志内核,诸如阳光、善良、真诚、包容、坚强、勇敢、善解人意、独立有主见等精神,都能激发女孩正面心态的能量,帮助她们成长为内心强大的女孩,为将来的人生打底。

★女生文学读物要品质化、品牌化、系统化

《意林·小淑女》创办的时间不长,但读者的忠诚度、信赖度和美誉度在国内首屈一指,已经形成明显的品牌优势,它集"好看""清新""唯美""阳光""优雅""品位"等各种美好感觉于一身,始终以女孩的阅读感受为根本,全心全意为女孩服务,专心致志打造一流读物、精品读物。

读者的认可和喜爱,得益于《意林·小淑女》对文稿质量近乎苛刻的严格把关。为《意林·小淑女》供稿的作者,既有实力派中青年儿童文学作家,又有青春新锐派文学作者,编辑部每月收到近千封来稿,经过反复筛选、修改、优中选优,最终确定30篇左右刊出;对于长篇图书出版,编辑部始终坚持"用心、专业、永续经营"的理念,不追求过度商业化、批量化生产,每一本书稿都精雕细琢、反复打磨,已出版的每一本图书几乎都成为业内畅销书经典,而《意林·小淑女》所倡导的女生文学概念及标准也成为业内标杆,引来众多同行追随。

除此之外,编辑部与一大批有潜力的青年作者建立了长期的独家合作关系,这些作者通过《意林·小淑女》、网络、电话、读者见面会等各种渠道,常年坚持在第一线与读者互动,倾听读者心声,保持创作活力源源不断。目前《意林·小淑女》独家签约作者的队伍仍在不断壮大,我们希望用几年甚至十几年的时间,形成有较大社会影响力的专业化女生文学创作基地。

为避免女孩因为阅读口味单一而造成阅读面、知识面过于狭窄,《意林·小淑女》除了做好文学类图书外,也努力开发适合女孩阅读的其他类别读物,比如励志、科普、时尚、生活类选题,同时力求经营品种以及传播途径上的多样化,依托原创精品内容,开发数字化传播、动漫、影视、游戏、周边产品、女生网络社区等,做好精品故事的深度经营,构筑全产业链发展模式。在销售渠道上,除传统的零售、邮局、校网等,我们逐渐在各地设立女生文学专柜和品牌专卖店,力争让读者随手可取,购买方便。

★ 为女孩营造愉快的阅读体验

《意林·小淑女》系列读物无论在内容还是包装上都具有较高的辨识度,为了方便读者寻找,我们对2012年7月之后出版(或修订)的新书做了统一规划:

○ 认准独家标志

《意林·小淑女》出品的所有图书,在腰封和封底上都有"意林""Mini Miss出品·女生文学"的独家标志(图1);在书脊上,除了"意林"以及"Mini Miss"字体logo外,每本书还特别放置了"封面女孩"形象(图2),便于读者辨认和收藏;在前、后勒口上,每本书都有"纯正、阳光、向上,为中国女生量身打造优质课外读物"的字样(图3)。

图1

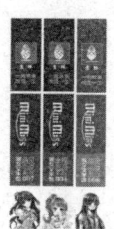

图2

图3

○**识别编号**

《意林·小淑女》出品的所有图书都将逐渐归于"淑女文学馆""淑女漫绘馆""淑女励志馆""淑女风尚馆""淑女生活馆"等特色馆（新馆不断添加中），每本书都有属于自己的编号，比如：

代表这本书所属类别是淑女文学类，编号为冒险励志系列004，即此系列的第四本书，在这本书之前，自然已经出版了001、002、003，后面也会有005、006、007……陆续上市；图书封底的总编号则代表了这本书在《意林·小淑女》所有出品图书中的总排序。

○**女孩特色包装**

每本图书都会配备一张淡雅的紫色或粉色前衬页，上面印有"意林"及"Mini Miss"字体logo；在小说类单色印刷的图书中，会加有4页铜版纸彩色插图页，第一页的"淑女宣言"（图4）代表了《意林·小淑女》所提倡的优质女孩精神，第四页则标明了本书所属的系列及编号（图5）。

图4

图5

我们目前所使用的字体、字号以及行距，是在经过大量调查研究和多次测试后确定的，适合成长中的女孩阅读，每一页的内容既充实，又不至于给读者造成阅读疲劳。

所有的一切都是为了给成长中的女孩提供价值导向健康、养分丰富、品质优良的课外读物，营造愉快的阅读体验，我们希望以传媒人"有爱有担当"的社会责任感和"一生只做一件事"的专注精神，不遗余力地建设女生文学，推动女生阅读向前发展，全力打造中国女生喜爱的文学品牌！

目录

- 001 第一章　赖　账
- 017 第二章　盗　铃
- 033 第三章　捕　蛇
- 047 第四章　南王府
- 063 第五章　往事如烟
- 083 第六章　笛音袅袅
- 105 第七章　魔君四时
- 125 第八章　神君宸华
- 151 第九章　汶水河畔
- 175 第十章　春神觉醒

　　自盘古开天辟地起，世间秩序初定，时至今日，天下划分为仙、魔、人三界。魔界妄想一统三界，仙界为维持三界平衡，努力压制魔界势力。万年前仙魔大战，魔界大败，偃旗息鼓，隐藏在暗处，伺机卷土重来。

　　仙界玉霄上人手下的十二生肖将负责掌管人间的十二时辰，随着玉霄上人外出游历时意外失踪，鼠将竟也陷入昏迷，这一切似乎都是魔界蓄谋已久。

　　魔界企图通过将十二生肖将逐个攻破来让人间秩序大乱，玉帝为阻止魔界的阴谋，秘密派遣各路神仙前往人间寻找十二生肖守护兽，而此时，人间王朝更迭，国号大贤……

　　又萌又热血的寻梦故事，正式开始！

琴案边,炉香细细袅袅,龙初瑶心里打着小鼓端坐着,一副大家闺秀的恬静模样,眼神却分外焦灼。

她刚才奏完《浣溪沙》之后,外面以南王夫人为首,赏鉴音律优劣的贵夫人们就安静下来了。

一阵微风吹过,炉香四散,香雪亭外云霞似火,天地间,鸦雀无声。

别看龙初瑶表面镇定,实际上,她的心"扑通扑通"地跳个不停。南王夫人那儿……怎么没动静了?该不会是她哪一个音弹错了吧?作为"黑市第一乐师",她要真的弹错了,那就太影响生意了!要知道这个名号,还是她花了二两银子,贿赂黑市评乐人,才得来的。

一想到自己花的那二两银子,她的心就好痛。

那二两银子,她用得省一点儿,可以买米、买油、买面……想要奢侈一点儿,也可以在锅里摊开面糊,撒点盐巴、加点儿细碎的小葱花,烙上五十张葱花饼,又鲜又软,够吃小半个月呢。

可是自从养母逝去,她就再也没吃过一顿饱饭了。

眼前仿佛出现一盘烙得松软咸香的小葱饼,那一张张金黄色的饼面上,均匀地撒着饱满的黑芝麻,散发出一阵阵诱人的香味。她闭着眼,深吸一口气,美得心里直冒泡,肚子却"咕噜咕噜"地叫了起来。

同样是乐师,宫廷的乐师们拿着俸禄,吃香的喝辣的。可作为黑市乐师,她就算能把琴声弹活,赚的钱也不够给妹妹看病,还是

穷得叮当响。

妹妹七月的腿疾很严重,每天都要吃药止痛。保和堂的大夫心黑手狠,每一味药都炒出了天价。她就算拼死赚到一点儿小钱,也堵不住拿药治病这个天坑。

为了给妹妹治病,她虽然年纪不大,却负债累累。邻里邻居的,全是她的债主,知道她根本还不上钱,如今,已经没人愿意再借钱给她。借不到钱,连饭都没得吃,半夜里饿了,她都能抱着水缸,喝得底朝天。

其实,龙初瑶并没有什么远大的理想,就是想"多打工、多赚钱",在大贤都城买一座独门独院的四合院。可问题是她呕心沥血、肝脑涂地,别说存钱,能别欠钱都是好的了。

她心里总在感慨:为什么才华不能当饭吃?否则,就凭她辞赋文章如有神助,音律文采纵横捭阖,她和妹妹也就不用活得这么艰难了。

这事不能想,想想就绝望。

怀揣着一肚子的绝望,龙初瑶穷则思变,在"穷困"的土壤中奋发向上,终于利用天赋开拓了第二事业——替考!

京城的富家小姐、子弟们,多的是绮襦纨绔,明明不学无术,还想要博得满堂彩。

没这金刚钻,还想要揽瓷器活,这就少不了背后搞花样。每到年关,黑市替考的买卖就热闹起来,多半是各府的丫鬟们叽叽喳喳地嚷着。

"甲小姐,凡事都讲个先来后到,既然我们乙家先来,那么琴姑娘便归我们乙家,先得帮我家小姐'代弹一曲'。"

"乙家的,你讲讲道理好不好?我们家夫人今天晚上要考小姐的音律,琴姑娘今天要是不来,夫人要是发现我们小姐其实不学无

术,学了一年还弹不出《浣溪沙》,气坏了身体你负责吗?"

"横竖不是我家夫人。气死就气死了。"

"你说什么?"

双方吵到白热化,剑拔弩张。

大贤的黑市用"甲、乙、丙、丁……"代替各家姓氏,大家之所以张扬跋扈,不过是料准了戴上"面具",谁也不认识谁。而琴姑娘,说的就是龙初瑶了。

龙初瑶生活在一个诗狂酒兴、鲜衣怒马的璀璨盛世。

"朝同歌,暮纵酒,玲珑环佩拥霓裳。"

街头巷尾,就连三岁黄口小儿都会吟唱的这几句歌谣,充分说明了豪门世族的奢靡。纨绔们不学无术,却想被世人称赞,于是滋生了黑市替考这门生意。

只要你有钱,哪怕再生僻的学问,也会有寒门学子替你出马,为你博得金玉满堂。

贵人们给钱,替考们出力。你只要保证自己才能拔群,且不被人发现是冒牌货就可以了。

琴替,龙初瑶做多了。

大多是丫鬟们通过黑市付足定金,龙初瑶悄悄随丫鬟潜入府邸,藏在雪白的帷幔后,代替"佳人才子"显露本事。而像陆知鱼这样慎重,绕开黑市直接找到她的情况却从来没有出现过。

陆家也算是百年望族了,可惜家中没有儿子,只有三个女儿。想要维持家道兴旺,没有加官晋爵的男子,单凭几个女儿是撑不起百口之家的。陆知鱼是陆府的三小姐,虽说才华、样貌拔尖,却是

庶出。倘若她安心度日，凭陆家的声望家底，平顺一生倒也不难。可她命比纸薄，心却比天高，处处要强，总把自己和入宫为妃的两个姐姐做比较，活得格外辛苦。

而今，是一年一度的王府盛宴，也是唯一能摘得折花令的机会。

说到折花令，就不得不提簪花会。所谓簪花会，是天下女子唯一鱼跃龙门、花开百里的契机，是大贤王朝赫赫有名的盛宴。簪花会是太后亲自操办，每年六月广邀天下才女，清谈宴饮。只要能参加簪花会，必然能一朝名扬天下，成为赫赫有名的女才子。

簪花会说来大气恬淡，想要参加却难于登天。得先从南王夫人的手上拿到折花令，才能有进宫的机会。南王夫人气质端庄、容貌精致，却是天底下眼最毒的才女。大贤这些凭着替考大展风华的女子，想要在南王府抖机灵，耍些小聪明，简直是痴人说梦。

这些年，在南王府折戟而归的千金贵女们，多如过江之鲫。

当时，陆知鱼找到她，砸下两枚金元宝当定金，希望她能够冒充自己时，龙初瑶心里是一万个不愿意，且不说南王夫人的眼光到底有多么毒辣，大贤的藩王乃天上神仙下凡投胎，有上天庇佑。像这种弄虚作假的事，上天万一看不过眼，让她被人抓住，那她赚钱的营生可就全毁了。

龙初瑶天真地觉得自己不会答应陆知鱼，无论陆知鱼好说歹说，她都摇头拒绝。可当她坐到香雪亭时，才知道什么是"有钱能使鬼推磨"。

没办法，七月治病的药用完了，一到冬天，她的腿疼起来就会整晚整晚地睡不着，所以龙初瑶迫切地需要剩下的那笔报酬。何况，陆知鱼许诺过，说这次南王盛宴和以往不同，是在香雪亭举办。亭外有层层叠叠的雪幔，能够遮住琴者容貌，好多千金贵女都用这种办法蒙混过关了，安全性绝对有保证。

可是这一曲弹完,外面却突然没了声音,龙初瑶如坐针毡,压低声音喊了一句:"陆姑娘?"外面没人吱声。

按理说,陆知鱼应该待在不远处,方便和自己换回来,不过她弹完以后,愣是没有回音。龙初瑶慌了神,只能小声追问:"陆姑娘……一会儿,我去哪儿结账呢?"

还是没有回音。

琴案边,摆着一小碟金灿灿的佛手,色泽光润,散发出酸甜诱人的柑橘香味。她捂着瘪瘪的肚皮,吞吞口水,在心里一遍遍告诫自己佛手不能吃,这才挪开饿得发绿的眼睛。

这人哪,不能多想,一多想,就会脑补出一场跌宕起伏的"穿帮大戏"。

龙初瑶本来还能保持镇定,可一连喊了好几声,陆知鱼都没有出现。她立马有一种不祥的预感,动作飞快地换回包裹里随身携带的旧裙子,心里绷着一根弦,正准备神不知鬼不觉地从小道溜走,回头再去找陆知鱼结账。没想到,她刚掀开雪幔,没看见南王夫人,却见一位穿着翠绿锦衣的少年站在亭前。

少年凤眸含威,不动声色地睨着自己。

龙初瑶也算有点儿急智,当即"扑通"一声跪下,垂下脑袋,脆生生地喊了声:"公子金安。"

眼前的少年乌眉秀目,长得比豆蔻少女还要娇艳。新荔似的肌肤,白得发光。龙初瑶也不知道他身上穿的是什么衣裳,那料子比她见过的最名贵的绸缎还要柔软顺滑。特别是衣裳的颜色,翠绿清新,在日光下流动着色彩,神光熠熠。

陆知鱼说过,南王夫人有个十七岁的世子,长相俊美,不过却是一个瘦弱单薄的"病美人",风吹即倒,让南王夫人操碎了心。

龙初瑶抬起头打量眼前的少年,只见他天庭饱满、目光炯炯、

第一章

唇红齿白,站在那儿威仪赫赫,有种不怒自威的气势,怎么看也不像缠绵病榻的南王世子。

她别是跪错人了吧!龙初瑶心里打着鼓,正瞎琢磨着,只见高高在上的"南王世子"微皱眉头,目光落在她的影子上。再抬眸,"南王世子"若有所思地看着她的脸,突然开口:"你叫什么名字?"

龙初瑶愣在原地,一脸呆萌,一时间没有反应过来。

宸华见她一副发呆的模样,清亮的眼底赫然闪过一道寒光:"本尊在和你说话,你听不见吗?"

龙初瑶一脸茫然地抬头:"你确定在和我说话?"

林风徐徐,吹开龙初瑶额角一缕细碎的刘海,她跪在亭外,初冬的日光暖暖地在竹林间徜徉。跪久了,身子出了层薄汗,痒痒的,很不舒服。她小心地扭了扭,疑惑地看着眼前的少年。

"这亭中只有你我二人,本尊不和你说话,你当本尊在和谁说话?"

若非在她身上发现守护兽的灵气,他本无意和凡人说话,却没想过,眼前的女子看着一脸聪明相,竟如此笨拙。他堂堂宸华神君,和她说了这么久的话,她竟然一个字都没听进去。

龙初瑶本就饿得两眼发绿,还想着找陆知鱼结完账,赶紧买米做饭垫垫肚子,没承想半路竟然遇上了"拦路虎"。而且这位"南王世子"一直杀气腾腾地盯着自己,难道他知道自己帮陆知鱼弹琴的事?

不应该啊,她弹琴的时候被亭外的雪幔遮挡得严严实实,根本不会被人发现。而且出来的时候,她早就换上了自己的衣裳。"南王世子"又没有进去,怎么能在亭外把她捉了个现行?

为避免"南王世子"一直盯着她,真看出端倪,龙初瑶忍着火

灼似的饥饿，口中抹蜜："公子话音铿锵有力，敲金击石，我一时有些入迷，竟不知公子是在和我说话……"

宸华瞠目结舌地看着她，久未下界，没想到凡间竟有如此厚颜无耻的女子。这一连串奉承，说得竟然不慌不忙，从容自若。

龙初瑶被他看得心里打鼓，红着小脸，摆出一副羞涩的模样："公子为何这般看我？莫非是这两个成语极其精准，入木三分？"

沉默许久，宸华觉得不能助长凡间不正之风："我只是想看看你脸皮到底有多厚。"

龙初瑶撇了撇嘴，心里暗暗骂了一句"毒舌"，却装作一脸哀怨地看着他，眼里满是忧郁。

宸华在这控诉的眼神下，破天荒地有了几分不自在："本……本尊刚才问你叫什么。"

"你觉得我叫什么，我就叫什么吧。"龙初瑶索性跪坐在地，幽怨地叹了口气。

宸华强忍住火气，深吸一口气。他知道再问下去，怕是地老天荒也问不出个结果。反正他的目标也不是眼前这个不知脸皮有多厚的凡间女子，何必浪费时间？在心里反复做着建设，脾气素来暴躁的他勉强露出温和的笑容："本尊问你，你可曾养过什么灵兽？"

龙初瑶心下一沉，终于知道他的目的所在，原来是为了小金。

小金是一条金蟒，还是一条得道百年的灵蛇，灿金的蛇皮流光璀璨。保和堂的大夫说，蛇血剧毒，蛇胆却有明目治病的神效，倘若剜了小金的灵蛇胆，以蛇胆入药，定能治好南王世子的痼疾。

她听在心里，找了好久才发现小金的踪迹。她是想去抓小金，不过，才不是给南王府献药。大夫既然说蛇胆能治病，想必也能治好七月的腿疾。她不眠不休找了好久的"治病良药"，怎能便宜了南王世子！

南王世子可真不要脸！上下嘴皮一碰，居然想找她打听小金的消息。龙初瑶心里十万个不高兴，脸上却没有露出一点儿端倪。

她歪着脑袋，佯装认真思考："灵兽？蚂蚁算吗？"

蚂蚁和灵兽有什么关系？宸华气急，暗暗攥紧了拳头。幸亏她不是自己手底下的仙童，否则先罚她五百年俸禄。

"本座修的乃是正道。清静无为才是天下正道。不要动怒，不要动怒。"在心底狠狠将这句话念了几遍，他终于平静下来，"除了蚂蚁，你还养过什么灵兽吗？"

"家里还有几只蚊子也是我养的。"

"除了蚊子。"他咬着牙追问。

"我偶尔也在河里捉些河蚌来养，不过等它们吐完沙子，还是要煮了吃的。"

"除了蚌。"宸华的耐心濒临崩溃。

"我家穷，养不起别的东西。这蚌养来最省事，一盆清水就行。"提到养蚌，龙初瑶颇有些心得，兴致勃勃地说起如何养蚌，如何让它吐沙……

宸华厉声打断她："我是说灵兽，谁和你说河蚌了？"

"灵兽啊，那我就不知道了……"龙初瑶眼里全是迷茫，仿佛被天大的问题难倒。可她晶莹清澈的眼底分明掠过一抹慧黠的光芒，像极了警觉的动物。

宸华心中怒骂：你不是养蚌，你是蚌精附体了吧！嘴巴比蚌壳还严！

就在宸华即将发怒时，不远处传来一个斯文好听的声音。

"尊上，原来你在这儿啊，父亲找你许久了……"花叶扶疏处，一个身穿湛蓝色锦衣的清秀少年逆光而来。少年十六七岁，样貌文雅。一双眼眸黑漆漆的，宛如浸透在水中的黑曜岩，沉静柔

和，衬得肤色苍白得有些病态。

龙初瑶突然想到陆知鱼说过的话。

"南王世子斯文俊秀，精通音律，虽然长得好看，却是一个瘦弱单薄的病秧子，风吹即倒，让南王夫人操碎了心。"

南王世子柔弱，风吹即倒！

龙初瑶脑海中电闪雷鸣，之前猜测许久的想法让她突然有种被雷劈焦的错觉。

"你是……"她抱着一丝侥幸，看向少年。心里有个声音在祈祷：千万别是南王世子。

站在少年身后的侍童满脸不悦，怒声呵斥："哪来的无知女子，连南王世子都不认得？"

这下完了，认错人了。

南王世子语气温柔："书颜，不得无礼。"

"可是……"侍童委屈地嘟囔，也只能忍气吞声，放弃教训龙初瑶的念头。他哪知道，此时的龙初瑶何须责骂，早就尴尬得抬不起头。

长这么大，她第一次认错人，还战战兢兢对答了那么久，早知道这人不是南王世子，她说那么多废话干吗？趁早溜掉，也省得遇见正主。

"公……公子金安。"龙初瑶哆哆嗦嗦地问安，内心忐忑。

"我很吓人吗？为什么见着我，一副害怕的样子？"南王世子好脾气地问。

"没有没有。"龙初瑶连忙否认，迅速岔开话题，"我听闻后厨熬了白芍银耳汤，不如帮你们取来尝尝鲜？"

南王世子笑了笑："那顺便帮我拿份豌豆糕和橘黄糕吧。"

"好，我这就去！"慢吞吞地点头，慢吞吞地爬起来，紧接

着，她从小到大的速度全攒在了这一刻，飞快溜走。

南王世子还想再说些什么，她早跑没了影儿。

"哟，没想到她跑得倒是挺快。"南王世子乐了，觉得龙初瑶有趣极了。

"你打发她干吗？本尊找她还有事。"宸华好不容易逮住龙初瑶，却被她跑了，心里有些不悦。

南王世子委屈极了："尊上，父亲准备了上等的君山银针，邀你前去品尝，你要不去，父亲肯定会骂我的……"

"本尊没空……"

"莫非和刚才的女子有关？"

"本尊的事，与你无关。"

一阵风吹过，凌霄花枝条交缠，清影摇曳，更衬得宸华挥袖离去的背影红光闪烁，瑞气千条。

南王世子摸了摸鼻子，一脸无奈："书颜，我是不是又把尊上得罪了？"

"好像是的。"

"不过……我也没说什么吧？"

"尊上心，海底针。"

"唉……"南王世子叹了口气。

远在五里开外的龙初瑶心有余悸，不过，她仔细一想，突然明白了。

南王世子叫他"尊上"，而且这家伙逮着她一直问小金的事，不用问了！他就是个精魅。也怪小金，修炼那么多年，不仅把自己修炼得能够蛇胆入药，还不懂收敛，任由灵力磅礴，吸引了各方精魅觊觎它的内丹。

那个人肯定是奔着小金的内丹去的！

如今,她不仅要和人斗,还要和精魅斗。幸亏她聪明,知道拿话搪塞,否则,还不知那个看上去就很厉害的精魅,会用什么手段对付小金。

哼!小金是她的,谁也不能抢。

出了南王府一路往北,便是陆府。

陆知鱼还欠她十两银子,说好了事后给她,也没给。

龙初瑶不敢回家,怕错过这十两银子。她眼巴巴地等在陆府门口,希望陆知鱼回来以后,好心地结清银钱,又担心她早就回来了,自己空等一场。

她的心情在期待和失落之间徘徊。不过有点儿事情分散注意力也好,这样,她就不会总是惦记着吃点儿什么来缓解饥饿。好在她运气不错,等了大约一个时辰,陆知鱼乘着马车回来了。

龙初瑶精神一振,立即恭恭敬敬地站在陆府旁边。

马车上,丫鬟告诉陆知鱼,说龙初瑶一直在门口等她。陆知鱼掀开帘子,脸顿时黑了下来,冷哼一声:"要见我的人多着呢,我哪有闲工夫理她?"

龙初瑶眼睁睁地看着马车经过,片刻都没有停留。

"陆小姐……陆小姐!"她追在马车后面,不断地喊着。

"小姐,怎么办?"丫鬟问道。

"让她喊,不用管她。"陆知鱼没好气地丢下一句。

"可是……有好多人往咱们这边望。"丫鬟犹豫半晌,怯生生地说。

陆知鱼是以温婉善良名扬京城的,极其好面子。她没想到龙初

瑶这么拼，竟然敢在陆府前面拦马车。她要真的这么不管不顾扬长而去，明天京城的大街小巷就会传遍她伪善的流言。

陆知鱼黑着脸，让车夫停下马车，一脸不悦地盯着龙初瑶冷笑一声："我当是谁，原来是龙姑娘啊！"

"是我，是我。"龙初瑶好脾气地笑着。

陆知鱼脸色阴沉："你还有脸出现在我面前？"

龙初瑶被她问得一头雾水："陆小姐，你还欠我十两银子，这话说的，我怎么就不好意思出现在你面前？"

她心里郁闷着，脸上却没有表现出来。

不提十两银子还好，一提这事儿，陆知鱼就气不打一处来："你还好意思找我要钱？"

"欠债还钱，天经地义啊，陆小姐。"

陆知鱼的唾沫星子都快要喷到龙初瑶的脸上，龙初瑶却一点儿也不在乎，依然笑嘻嘻地看着陆知鱼。陆知鱼被她气得险些没沉住气："说好了替我弹琴，可你弹的那叫什么？"

"《浣溪沙》啊，琴曲。"龙初瑶认真地回答。

"南王夫人只听了半盏茶的工夫就走了，一点儿也没对我留下好印象。这全是因为你弹得不好！就这三脚猫的功夫，还来找我要钱？"陆知鱼气得都快哭出来了。

龙初瑶突然意识到陆知鱼不想给钱，下意识地问："陆小姐，你该不会想赖掉这十两银子吧？"

"该你的，我一分都不会少。可你办砸了事情，我大度，没找你要损失，你怎么好意思找我要钱？"

这话说得好气人！龙初瑶气得发抖，声音沉下来："陆小姐，你想要赖账明说就是。"

"我？赖账？龙初瑶，你知不知道，为了争取在南王夫人面前弹

奏一曲,我花了多少功夫才得来这个机会。原以为你靠谱,可你把事情全办砸了。"陆知鱼越说越生气,直接跳下车,准备讨个说法。

身旁跟着的丫鬟也匆忙跳下来,不住地劝道:"三小姐,气质,气质!"

"气质什么?我都要被她气死了!"陆知鱼气愤地嚷嚷着。

"好多人看着呢。"丫鬟压低了声音。

陆知鱼瞬间反应过来。她深吸一口气,好不容易压下怒意,眼珠一转,又突然有了主意:"龙初瑶,我现在给你一个弥补的机会……"

"弥补?明明是你欠我的。"龙初瑶不满地嘟囔。

"有一件事,你如果办成了,那十两银子我原封不动地给你,如果办不成……"

"那你也得给我。"龙初瑶认真地接话。

陆知鱼瞪了她一眼,没接话,随后眼珠一转,突然说道:"陆府北门的瓦檐上有一枚镇魂铃,只要你能神不知鬼不觉地摘下它,我就把剩下的银钱结给你。"

话音刚落,跟在她身旁的丫鬟瞪大了眼睛。

镇魂铃又名殒钟,是陆府一等一的宝贝:任何想盗铃者,必然会受到镇魂铃的反噬。

陆知鱼小时候贪玩,曾找过十几个丫鬟小厮去取铃铛,却从没人能靠近镇魂铃。一旦有人靠近就会目眩耳鸣,上吐下泻,生死不知。如今陆知鱼找龙初瑶盗铃,显然不怀好意。

小丫鬟欲言又止,默默低下头。

"你让我偷盗?"龙初瑶一脸惊讶。

陆知鱼挺直了天鹅似的脖颈,骄傲又轻蔑地说:"只是一个小游戏而已。"

龙初瑶皱着眉头，想了一会儿，摇了摇头："我答应过七月，再也不干偷鸡摸狗的事。"

陆知鱼冷笑："让你取的是我陆府的镇魂铃，怎么能说是偷盗呢？你连这件事都做不到，以后别来找我要这十两银子了。"她丢下这么一句，转身便走。

龙初瑶很想坚持原则，可七月的药吃完了，家里的米缸也见底了，她饿肚子没关系，要饿着七月，就太对不起养母了。犹豫许久，她终于喊住陆知鱼："陆三小姐，急什么呢？我答应就好了。不过，我要取来了镇魂铃，你千万别忘记自己说过的话。"

"当然。"陆知鱼眼中掠过一抹狡猾的光芒。

龙初瑶知道自己违背了与七月的约定，可她也没办法啊！一文钱难倒英雄汉，何况，那是整整十两的雪花纹银！

龙初瑶转身离去，却没发现身后小丫鬟同情的目光。陆知鱼也绝不会想到，人与人是不同的，普通人会被镇魂铃反噬，可倘若身怀仙骨，万物都将为其所用。

一条通体灿金、玲珑可爱的小金蛇倒挂在悬梁上,"咝咝"吐着芯子,一边偷酒,一边听科举学子雀跃沸腾的小交锋、小心思。

"楚姚兄,去年临考,你腹痛难忍,今年准备得怎么样?"

"别人怀宝剑,我有笔如刀。"

"上次凤兄拿了个殿试第一,你怎么看?"

"万般皆下品,唯有读书高。"

青年哑口无言,略膊被人狠狠一搂:"你与那书呆说什么闲话,小弟找了本琴谱,弹来美妙非常,谢兄,咱们听琴去……"

"咝……"这些科举的书呆子,说的话一句都听不懂,还咋咋呼呼的,总喜欢卖弄一番。不过,这少年不错,不啰唆!蛇爷喜欢。不过,蛇爷最喜欢的,还是他们主考官酿的酒……真是入口甘醇,太好喝了!

小金喝得脸颊绯红,摇摇晃晃,"扑通"一声从悬梁上滚落,掉进碧绿剔透的酒坛,溅出晶莹的酒珠子。

"蛇……蛇……蛇……"震耳欲聋的尖叫声刺破云霄。

六月天热,彼时,女扮男装跑来参加科举的龙初瑶偷偷挪开帽子,才散下长发凉快一下,就被身边的小蛇拖累,引来另一道尖叫。

"楚姚兄……你怎么长了那么长的头发?你……你是女子?女子参加科举——罪同欺君,死罪啊!"

龙初瑶一愣,短暂的石化过后,大贤史上最搞笑的一场奔逃:一个满脸狼狈的小姑娘,带着一条醉醺醺的小金蛇,慌不择路地冲出考场,冲出京城……

穿过两条街,最先映入眼帘的就是瓦檐下的一点金光,那是镇魂铃。

二月春寒料峭,东风化雪。第一道东风从北方吹来,将金灿灿的镇魂铃上晶莹的冰霜融化。在风声中,镇魂铃发出京城第一声响,而后惊蛰起,万物复苏。

传说陆家之所以百代不衰,就是因为得了镇魂铃的庇护。站在镇魂铃下面,日光金灿灿地晃着眼,龙初瑶眯着墨紫色的眼眸,纠结了很久,终于决定动手!倘若陆知鱼见到眼前这一幕,定然会失声惊呼,龙初瑶站在镇魂铃旁边,竟然还生龙活虎,不受困扰。

对于上房揭瓦这种事,龙初瑶一点儿也不陌生。她搓了搓手,利用凹凸不平的墙壁,三下五除二地爬上了屋顶。

陆府地势极高,檐牙高啄,错落交叠。拳头大小的镇魂铃就坠在钩檐下。日光中,镇魂铃反射出炫目的金光,尊贵又威严,摸上去还有冰凉的触感,让人心神一颤。

龙初瑶这几天吃的都是看不见米粒的稀粥,胃里一肚子水,上个厕所就全空了。每天晚上,她饿得胃都灼烧起来,只能捂着肚子拼命灌水,长时间的饥饿,让她的胃变得很不舒服。可摸到镇魂铃的瞬间,饥饿感消失,一股温暖、充实的感觉迅速蔓延全身,使她每个毛孔都舒展开来。

龙初瑶眯着眼睛,爱不释手地多摸了两下。

真不愧是镇魂铃,果然贵气逼人!摸一摸居然还能饱肚子。她开心地想着,耳旁冷不丁传来清淡的声音。

"你没事,爬屋顶去摘那个东西干吗?"

乍听见这句话,龙初瑶做贼心虚,不小心脚底一滑,整个人倒栽下来。

完了完了……心里绝望地嘟囔着,她害怕地抱着脑袋。不想,在她即将倒栽葱摔在地上时,脚踝一紧,似乎被人拎住了。

从这个角度,她清楚地感受到陆府的财大气粗。屋外的台阶都是用汉白玉的石头堆砌而成的,台阶上除了她刚才踩出的几个小脚印外,简直晶莹剔透一尘不染。

龙初瑶出神地看着,方才那个清淡的声音再次响起:"头朝下脚朝上的时候,血液回流,你应该会比平常清醒许多吧?"

说话的人声音很清透,语气里透着一丝倨傲,听得龙初瑶心脏"扑通扑通"地跳个不停。不过,他的声音好听是好听,但好像有着一股莫名的杀意,熟悉又陌生。

后知后觉的恐惧突然蔓延全身,她瞬间清醒过来:"你你你,你是那个谁……"

手脚并用,龙初瑶拼命地挣扎着。可扑腾来扑腾去,依然是脸贴地面脚悬空,身子在空中晃晃悠悠。她费力地扭过头,然后就看见宸华俊美的脸……

"放开我!"她被这种悬浮在半空的失重感弄得生气极了。

宸华不动声色地看着她,语气温和:"我问,你答。答得让本尊满意了,本尊便放了你。"

眼前这个不知廉耻的精魅竟然欺负手无缚鸡之力的弱小女子!龙初瑶在心里绝望地嚷嚷着。

她现在特别想去龙虎山上请一位道士,让道士直接把他收到炼妖炉里炼成丹药。

龙初瑶扯出一个比哭还难看的笑容,妥协道:"你问吧,我一

定知无不言,言无不尽。"

"本尊要问你的事很简单,你不必紧张。"宸华淡然地安抚她。

龙初瑶连连眨眼,表示没问题。

很久很久以后,宸华觉得自己的脑袋一定是坏掉了,才会相信龙初瑶的鬼话。

当时,他和和气气地问:"之前你和本尊说没养过灵兽,是骗本尊的吗?"

龙初瑶信誓旦旦地拍着胸脯:"天地良心,我从小就诚实,从未说过谎话……之前只是开了个玩笑,现在仔细想了一下,是养了一只灵兽。"

宸华心下一松,琢磨着:她现在态度这么诚恳,也承认了之前的行为。太好了,养了灵兽就好说,要不然她身上的灵气怎么会如此浓郁呢?

眼见天庭密令已有眉目,宸华暗自窃喜,继续追问:"你养的那只灵兽,现在在哪儿?"

龙初瑶认真地思考了一会儿,小心观察着宸华的脸色,试探地回答:"我把它放在家里了。"

宸华点了点头。也是,贵重的灵兽肯定是要藏在家里养才能不被别人发现。

他语气柔和:"那……你家在哪儿?"

龙初瑶转了转眼珠,假装挣扎了一下,显得有些为难:"不如……你先把我放下来?要不然,我怎么带你回家啊?"

宸华是被迫到人间寻找守护兽的。此刻,他听到龙初瑶松口,

恨不得立刻跟她回家,好找到守护兽回天庭复命,离开这乌烟瘴气的人间。

他松开手,而龙初瑶猝不及防地脸着地摔了个七荤八素,颜面尽失。龙初瑶一骨碌爬起来,刚想发火,冷不丁瞥见他深邃的眸光……

他的眼睛看似温和明亮,实际上却冷峻幽深,一看就不是好相处的人。龙初瑶只看了一眼,顿时觉得有一盆冷水狠狠地泼在她身上,让她瞬间清醒过来。

眼前的人是南王府养的精魅,背后肯定有南王府的势力。而自己又被他捉住偷盗镇魂铃,如果撕破脸皮和他吵起来,他嚷嚷两声把人引来,她还怎么逃之夭夭?

思前想后,龙初瑶决定息事宁人:"你跟我来吧。"

见她态度端正,郑重其事地伸手做了个"请"的手势,宸华的心里得到极大的满足。

说来,他这次下界,事情可大可小。

仙界本有十二生肖将,它们分别管理人间的十二个时辰,鼠将负责人间的子时、牛将负责人间的丑时……一旦十二生肖将出现问题,那人间的时辰一定会大乱。

前一阵子,授时司的玉霄上人毫无征兆地失踪,鼠将也昏迷不醒,仙界与魔界的矛盾日益加深。得知魔界正在寻找并破坏掌管十二生肖将唯一命门的十二生辰塔,玉帝心急如焚。十二生肖塔分布在人间,只有失踪的玉霄上人知道生辰塔的具体位置,在仙界已经出现魔界奸细的情况下,玉帝只好派神仙前往人间寻找十二守护兽保护生辰塔。

宸华是天庭的谷神,平日里最烦这一拨拨的差事,根本没把它当回事。问题是,最近几天他打麻将的手气糟到了极点,逢赌必

输,有出没进。

玉帝的旨意下来时,宸华输光了宝珠璎珞、法宝丹药,眼见连裤子都要输掉了。他的心在滴血,想也不想就截下了神使,自告奋勇地接了这个密令。

要不说宸华人缘好,换作别人,神使巴不得他赶紧下界。但遇上宸华,那位神使大人也是尽了心,苦口婆心地劝:"宸华神君,你要是办好了差事,那是功。可办不好呢?指不定就被贬下凡了。天庭这群神君,都是油滑成精的主儿!谁都不肯去,你别傻乎乎地往坑里跳啊!"

"神使大人不必再劝,维护天下苍生是我的使命。"

宸华说得义正词严,牌友们纷纷点头,奉承道:"就是就是,别拦着宸华神君,我们当中,也就宸华通事理!"

听到这话,宸华的眼睛湿润了。他以为这群老油条会拦着他,非等他输得倾家荡产才罢休。原来……是他误会了。而他为了避免输得精光,竟想着去人间换换手风,真是枉为神君!

宸华心中愧疚,看着牌友们只觉心里热乎乎的,满是感动。

要么说宸华还是太年轻,纵然他才华出类拔萃,灵力浑厚,是天庭赫赫有名的一员猛将。可唯独一点:他下界太少,阅历太浅,低估了牌友们的诡诈。

都是牌友,麻将桌上出老千也就罢了。可他们为了避免下凡,瞒着宸华偷偷找来扫帚星,给他点了个"霉运大套餐",让他一个劲儿输牌。

宸华输怕了,主动请命下界。

其中一个牌友醒悟过来,偷偷告诉他真相。知道真相以后,宸华当场就有点儿绷不住了,脸黑得吓人。可他那群牌友脸皮厚,一点儿愧疚都没有,一脸堆笑地跑来"插刀"。

第二章 盗铃

"恭喜恭喜啊!你担此重任,实至名归!"

"宸华果然是天庭的中流砥柱,这事交给你,我们都放心。"

"我下凡时喜欢京城三婶摊铺做的馄饨、小雁塔的玫瑰花糕,还有四象广场的豆腐干,你回天庭复命的时候,顺便帮我带一点儿。"

一个个凑到他身边笑得开心,宸华冷笑一声,在喜笑颜开的恭贺声里,把这群"老赖"的模样记了个遍。

六合星君说:"宸华兄,我已经打听过了,这次下界一共十二位神君,大多去了西南方向,你不去东北方向走一趟?"

六合这家伙,看上去是在帮他谋划,可实际上唯恐天下不乱。宸华口中答应着,下界时扯了一朵祥云,想也不想就往最西边,大贤的方向去了。

在数百年的内讧生涯中,他知道一点:无事献殷勤,非奸即盗。何况六合星君经常向玉帝打小报告,从来不是什么善茬儿。

因为宸华往西走,下界第一天就捕捉到了守护兽的灵气。在十二位神君中,他的进展是最迅速的。宸华暗下决心,一定要一鼓作气地找到守护兽上天复命,重返麻将桌,虐遍群神!

可没想到,除了第一天察觉到守护兽的踪迹,一连过了几天,他都没有找到任何线索。无论他用什么仙术召唤,都召不出一丁点儿守护兽的踪迹。

京城地界,除了土地山神,又有谁能够把守护兽藏得如此隐蔽,连他都骗过去?宸华怒不可遏,直接将他们拎出来问话。

"冤枉啊,小仙在此地镇守,怎敢与您作对?"

"就是说啊,我们就是有千万个胆子,也不敢做这种事啊!"

"神君明察,我们超冤的……"

那日,土地山神喊冤的哭声,让隐藏在暗处的小妖们魂飞魄散。

京城的小妖们长这么大，见过最厉害的神仙就是城隍老爷和土地山神。如今，日夜磕拜奉为苍天的大神们居然对着一个俊美的少年哭得惊天动地……他们觉得自己的"妖生观"被彻底颠覆了。

小妖们瑟瑟发抖，眼前的少年看似文雅，却比洪水猛兽还要可怕。他们跪倒在地上，七嘴八舌地出谋划策。

"我见它在陆府出现过，我陆府的亲戚说，它明日要去南王府。"

"神君，依小妖看，它绝对藏在那小女子的影子里了。这等小妖，最爱借着人影藏匿气息。"

在小妖们信誓旦旦的保证声中，龙初瑶就这么被盯上了。

宸华觉得，区区一个凡人，只要诱之以利，动之以情，守护兽一定手到擒来。谁知道第一次见面，少女连名字都不告诉他。

宸华倒也心宽，姓名年龄都是凡间俗物，就算不知道也没什么，反正他也不准备和这个凡间女子有什么牵连。宸华从不懦弱好欺，当龙初瑶说自己没养过灵兽时，他当即决定跟在她身边，再看端倪。结果没过多久，他就看到龙初瑶跑到陆府盗窃镇魂铃的画面。

现在，龙初瑶终于想明白，决定告诉他守护兽的下落。

宸华很满意，觉得龙初瑶顺眼了许多。

他甚至在考虑：等他回天庭复命以后，是否该将龙初瑶收为弟子渡她飞升。到那时，和牌友们搓麻将也不愁没有弟子侍奉了。他也能得意扬扬地夸耀一番，让那些没有弟子的"老赖"羡慕一把。

这些想法，在他看见"灵兽"之前，都美好地存在过。

来到龙初瑶的家里，宸华怎么也没想到，灵兽没看见，蜗牛倒

见着一只。

"你喝水吗?"

穿着粗布衣裳的龙初瑶笑容明媚,热情地从水缸中舀了一瓢井水,送到宸华面前。

宸华没有理她,抬眼打量周遭的环境。她的家好像是个四合院,庭前还种了许多红豆,院外挂着的木牌上歪歪扭扭地写着四个字……相思小院。

天青如洗,小院收拾得整齐干净。

院内,一树的葡萄藤交缠着,从褐色枝条上抽出来的嫩绿叶芽上有一只小小的蜗牛。它的壳薄得像纸,在日光下隐隐泛着光,仿佛稍微触碰一下就会破裂。

乍看见这只蜗牛,宸华内心有一种不祥的预感。龙初瑶不会是要告诉他,这只蜗牛就是她养的灵兽吧?

"你总看这只蜗牛干什么?"

宸华心中稍安,却还端着架子冷冷地"哼"了一声:"本尊难道连只蜗牛都看不得吗?"

"没有没有,随便看,随便看。"龙初瑶咧嘴一笑,粉嫩的脸上眸光闪闪,笑得分外可爱。

"你养的灵兽在哪?"宸华直奔主题。

"在看灵兽之前,你先喝口水吧。"

宸华内心不悦,觉得人间的礼节太过烦琐。直奔主题就好了,何必这么麻烦?他正要拒绝,却见龙初瑶捧着葫芦瓢,眼巴巴地看着自己。

水是从井里打上来的,正泛着粼粼波光,透着一丝甘甜。可能是刚才引路跑得有点儿快,眼前的少女额角沁出一层细汗,在日光下闪着光泽,衬得她的肤色格外白皙。

天庭的仙童很多，可大多数循规蹈矩、老气横秋，比他还能端架子。宸华从未见过如此灵动的少女，心柔软下来。他眯着眼睛接过葫芦瓢，心中劝说自己：喝一口算了。

可他万万没想到，凡间少女心思狡诈的程度，一点儿也不比天庭那群"老赖"浅。

就喝了一口，宸华只觉天旋地转，手脚发麻，直接昏了过去。

宸华昏倒之后，几个因为好奇跟来的小妖惊得面如死灰，再次对"妖生"产生了怀疑。连城隍土地都要谄媚奉承的神君，就这样被一瓢放了迷药的水给药倒了？

他怎么这么弱？

小妖们倒吸一口冷气，决定离开这个是非之地。

龙初瑶小心翼翼地蹲在宸华旁边，推了推他："你怎么了？"宸华没反应。

"你还要看灵兽吗？"她又唤了一声。宸华还是没反应。

沉默三秒，方才还卑微谨慎的少女长呼一口气，大笑起来："哈哈哈，让你再欺负我！让你倒拎着我晃悠，让你不把我当回事儿。小小精魅，敢在我面前装大爷，现在知道我的厉害了吧？"

说到兴奋处，龙初瑶还踹了宸华一脚，收回脚时，偏房的门"咯吱"一声打开了。一个坐在木质轮椅上的清瘦女孩一脸惊吓地看着她，傻眼许久。

看见七月，龙初瑶的兴奋感顿时烟消云散。

"我就是来这儿给葡萄藤浇浇水，这家伙自己晕倒的，和我没有关系。"龙初瑶嘴硬地和七月解释。

"姐……你把迷药下到水里，我都看见了。"七月忍了许久，无奈地指出她的破绽。

"那……大约就是我看错了，把迷药当成茶叶了。"龙初瑶继

续扯谎。

"你把他迷倒以后,第一件事就是掏了他的钱袋子,我也看见了。"七月将视线落在龙初瑶手里朱红色的小钱袋上。

龙初瑶面不改色地蹲下身,把钱袋稳妥地系在宸华身上,煞有介事地叹了口气,冲七月笑了笑:"你瞧我,摸人钱袋都成习惯了。一切都是误会,我这就还给他。"

七月也忍不住叹了口气:"可你把钱袋里的钱都拿出来了,还一个袋子回去又有什么用?"

龙初瑶面色僵硬,怔在原地:七月的眼神怎么这么好?自己的小动作竟然没有逃过她的眼睛。

相思小院位于城郊,是京城某位大人用来金屋藏娇的院落,可自从小院落成,那个大人连同一家老小,便得了不治之症,相继去世。后来小院七转八绕换过几次主,结果谁住这儿谁倒霉。有人说相思小院风水不好,才会让住在这里的人遭遇不幸。

后来,相思小院成了一处杂草丛生的破败院落,也成了京城人人唯恐避之不及的祸源。龙初瑶向来不信风水、鬼神,把小院收拾收拾,偶尔躲债的时候,带妹妹过来住一阵。七月住这儿的时候曾经受过几次惊吓,不常来了,龙初瑶却没有受到影响。

她之所以把宸华往郊外的相思小院引,就是不想让七月看见自己又在算计人。可她没想到,七月居然自己跑到相思小院来了。

"姐,你答应过我再也不偷东西的。"七月的情绪明显低落下来,秀气的眉毛都皱紧了,语气既哀婉又隐忍。

龙初瑶有些尴尬,轻咳一声:"我是答应过……"可这家伙不

是人啊!

七月泪眼汪汪地看着她:"偷盗果报十种恶。小时候,姐姐教我读书、认字……可现在,姐姐根本忘了书中那些做人的道理了。"

搬起石头砸自己的脚,说的就是她了。道理她都懂,可她肚子好饿,龙初瑶有些郁闷地垂下头。

"好啦好啦,听你的。"摊开手,她的手里果然有几两白花花的雪花纹银。

在七月的监督下,龙初瑶心不甘情不愿地把银子还了回去。

"我就知道姐姐最讲道理了。"七月开心地笑着,眼睛都弯成了月牙。

龙初瑶也想讲道理,可讲道理是要饿肚子的,她伤心到胃直接疼了起来。

"把钱还回去,我们晚上就不能吃白面饼了。"龙初瑶的手指压在钱袋上,还是有点儿舍不得。

她期待地看着七月,希望七月意识到她们已经好久没吃饱了,破例一次。

"没关系,我陪姐姐一起吃糙饭。"七月一脸明媚。

"可……"稍微留一点儿,也不行吗?龙初瑶可怜巴巴地眨着眼,抱着最后一丝期待。

"姐,别想了。"

"唉……"

龙初瑶叹了口气,赌气似的把钱袋系了个死结,郁闷地走到墙角坐了下来,无聊地戳着地上乱跑的蚂蚁。

肚子好饿……是她难以承受的饿。

过了好一会儿,她闻到一股好闻的药香味。她被七月软软地抱

住,小小的脑袋埋在她的颈窝处。

"最喜欢姐姐了。"七月俏皮地撒娇。

她佯装生气地轻轻推开她:"哼!我才不喜欢你呢。"

"没关系,我喜欢姐姐就好啦。"七月知道她在开玩笑,笑得格外可爱,软软的身体再次靠了过来。

龙初瑶忍不住点了点她的额心:"行了,没脸没皮的!"

在七月脆生生的撒娇声中,她的心像是被春风吹过,不知不觉地柔软下来。连火灼的饥饿感都变得不足为道。

龙初瑶囊中羞涩,可七月的药不能停。她翻遍每件衣服口袋都找不到半枚铜板,只好去保和堂记账。

保和堂的柳大夫早就对她隔三岔五的赊账攒了一肚子气,当即阴阳怪气地说了一句:"七月的模样倒还不错,不如给城西胡员外做丫鬟?只要傍上胡员外,他家财大气粗,整个药铺的药不是任由你抓?"

龙初瑶的脸涨得通红,一言不发地离开了保和堂。

天色渐渐阴了下来,周围人来人往,喧哗声让她心里乱糟糟的。巷子口的人们忙着将晒出去的被子收回来,路人脚步匆忙,唯恐走到一半大雨倾盆。

龙初瑶缓缓抬头,发现一大片乌云正慢吞吞地挪过来。又要下雨了,每到雨天,七月就痛得一直哭,可她没钱抓药。她低着头,慢吞吞地挪着步子,想到七月明媚的笑容,只觉心里空荡荡的,失落又难受。

都怪她没用,连赚钱这点儿小事都做不到。如果她昨日留住南王夫人,陆知鱼就能结给她十两银子。或者她昨日盗出镇魂铃,也会有十两银子。

这些银子,够她给七月抓半个月的药。

　　心里隐隐作痛，眼睛湿漉漉的。龙初瑶没有目的地越走越快，不多时就走到荒无人烟的郊外。抬起头，那一片绿色赫然撞入眼帘，让她心里猛地一颤。

　　惊蛰过后，百虫尽出。群山连绵起伏，飞鸟扑扇着墨黑色的羽翼掠过草尖。风一阵接一阵地吹着，大片野草匍匐，朝圣般虔诚。

　　在草地的尽头，一道闪电似的金光游走着卷起零星叶末。那么一个庞然大物，只要看一眼都会望而生畏。可龙初瑶看着它，不仅毫不畏惧，反而眼睛越来越亮。

　　有一个念头跃跃欲出，她的眼里、心里，全是那道金光。

　　她神色冷静，心里的念头越来越坚定：虽然自己没钱抓药，可是捉住小金，放出蛇血泡酒，取了蛇胆熬药，七月的病，不就有指望了？

　　漆黑的眼底掠过一抹坚定的光芒，她的心里热乎乎的，突然充满力量。

相思小院,葡萄藤蔓垂落。水井边,磨刀声阵阵作响,七月从屋里出来,便看见姐姐龙初瑶一脸杀气,拿着菜刀磨啊磨。

七月:"姐,你磨刀干什么?"

龙初瑶头也不抬,回答:"杀人。"

"杀人犯法的!死罪!"七月一脸惊恐,死死按住刀子,眼泪汪汪,唯恐龙初瑶一怒之下铸成不可挽回的大错。

龙初瑶杀气腾腾地说:"不杀人,杀蛇!杀蛇不犯法。"

"小金蛇那么可爱,你为什么要杀它?"七月错愕地看着龙初瑶。

"那条倒霉蛇坏了我策划已久的科举,害我考不上状元,当不了官,实现不了伟大辉煌的人生抱负……本姑娘一定要把它炖成蛇羹!"

"这样看来,它的确可恨。不过,你的人生抱负是什么啊?我怎么从没听你说过啊?"七月思虑良久,开口问道。

"这事说来话长。"龙初瑶怔了一下,紧接着扭过头,默默地继续磨刀。

七月淡淡一笑:"我知道了!姐姐一定想公正无私,明镜高悬!"

龙初瑶身子一僵,干笑两声,慢吞吞地磨着刀:"明镜高悬这种事情,不适合我……"

七月陷入沉思,紧接着眼前一亮,继续说道:"那一定是姐姐看不上小事,准备辅佐君王,干一番惊天动地的大事。"

龙初瑶身子又是一颤,磨刀的速度再慢了两分,慢条斯理地反

驳："嗯……君王老了，新主未立，这个时机不太对……"

七月吓了一跳："难道……姐姐有一颗替天行道、诛暴安良的心？准备守卫边疆，成为传奇？"

龙初瑶脸一黑，把刀搁下。

七月疑惑地在她身后喊道："姐，你回屋干什么，不杀蛇了吗？"

龙初瑶脚下的速度加快，心想：我只是想参加科举拿个状元，方便往后徇私舞弊，当一个超级无良的大贪官！明镜高悬、诛暴安良，一点儿都不适合我！

幸亏她没考上状元。

这条金蛇,京城百姓都见过。

大家说它有数人合抱粗,金光灼灼,矫若游龙,一张口,便能吞掉小半个京城。

极庞大!极凶残!极可怕!

京城百姓皆知南王世子病弱,以蛇胆入药必能痊愈。南王曾许诺,若有能人献上金蛇,取出蛇胆,南王府必有重酬。然而,京城能人众多,却没有一个人敢去招惹金蛇。

南王没有办法,只好让全副武装的守卫围剿金蛇。可守卫们丢盔卸甲,尸骨无存,死了几十个,还有好多直接疯了。

传说这金蛇修炼了百年,有了灵气,它喷出的毒雾有蛊惑人心的力量。那些疯掉的南王守卫,便被困在它造出的幻境中,永远无法逃脱。

金蛇身上,还有许多残忍的传说。除了道行高深的精魅,根本没人敢打它的主意。而这条金蛇也通晓人性,颇为精明,总能在精魅找到它之前藏好气息,避开锋芒,不被他们发现。

龙初瑶盯了它三个月,金蛇也知道她盯着自己,可它才不在乎,连气息都懒得掩藏。

在它眼里,龙初瑶不过是个手无寸铁的少女。龙初瑶一没拿刀戳它,二没拿黄符贴它脑门,它睁一只眼、闭一只眼,只当龙初瑶是折服在它英姿下的崇拜者。

在不周山的老家,像这样疯狂迷恋它的少女,有上千个!

小金对自己这身金皮引以为傲,并且对懂得欣赏自己的人

第三章 捕蛇

极为友善。

偶尔,它听见龙初瑶肚子饿得咕咕直叫,还会善心大发采点儿野果,搁在她的必经之路上。毕竟她要是饿死了,大贤很难再有第二个人用如此欣赏的目光注视自己了。

蛇生孤独,且行且珍惜。

一人一蛇各怀心思,维持着奇妙的平衡,就这么相处了三个月。

这三个月来,龙初瑶摸透了小金的习性,知道它贪玩、好吃,还有严重的洁癖和晕血的弱点。小金也发现了龙初瑶的特点,那就是饿。

它有点儿焦虑,这个欣赏自己的少女怎么这么能吃?都说能吃是福,可她狼吞虎咽的吃相着实难看。小金很烦躁,它嫌弃龙初瑶,想让她不要再来"找"自己。可办法还没想好,龙初瑶却真的消失了好几天。

小金又有些担心,她该不会饿死了吧?或者是它果子放少了,不够填饱她的肚皮?

直到龙初瑶又出现在它面前。

小金松了一口气,再次游走原野,在南风中散发着耀眼的光芒。它所过之处,灿若宝石的簇簇繁花依次盛开,连云层都仿佛沾染了它快活的气息。

龙初瑶信念坚定,眼神明亮,把捡到的野果胡乱地塞进口袋。她深吸了几口气,在心里给自己打气:龙初瑶,考验你的时刻到了!能不能杀蛇取胆治好七月,就看今日一搏了!

她斗志昂扬地摩拳擦掌,上前两步。

小金的弱点一是晕血,二是洁癖严重。只要它的身子脏了一点儿,它就会惊慌失措地蜷缩成一团。脏的定义很笼统,但小金恐惧的脏特别简单。只要它的身子沾上一点儿污血,它绝对两眼一翻,

缩成巴掌大的幼蛇昏厥过去。

龙初瑶狠了狠心,用利刃划破手臂,然后深吸一口气,把鲜红的血液滴在草叶上。

小金正快活地游走在草丛里,卷起千万草末。龙初瑶看着它得意地吐着芯子,突然有些紧张。一切都准备好了,只等它爬过沾血的草叶,缩成豆丁小蛇。那时,她杀蛇取胆就会易如反掌。

龙初瑶抬起头,眼里闪着亮光。一切都按她的计划进行着:小金的尾巴果然擦过了带着血珠的草尖。

她伸出手,正准备等它缩小,掐住它的七寸,却没想到比她速度更快的,是一道神光熠熠的碧影!龙初瑶还没反应过来,清俊的少年便先她一步布下银光闪闪的天罗地网。

只一瞬间,小金便从她手中凭空消失。龙初瑶傻眼,看着空空的手心,心里的愤懑翻滚着直冲云霄。头顶上方突然电闪雷鸣,似有千万道闪电霹雳而下。

前人种树你纳凉,前人栽花你赏月。

生夺硬抢?还要点儿脸皮不?

宸华提着捆仙索,嘴角浮现一抹嘲笑:"本尊正担心施法缠斗会伤了它,多谢你的方法。"

真够无耻的!敢情她盯了三个月,就是专门帮这个精魅抓小金的?见过不要脸的,没见过这般骨骼清奇、登峰造极、炉火纯青的无耻之徒!

龙初瑶气得发抖。

金蛇可怜兮兮地缩成一团,死死盯着尾巴尖上的一点儿血迹,

拼命扭着身子。龙初瑶气不打一处来：都被抓了，这条笨蛇还不赶紧恢复原身，撑破银网，反而一门心思想弄干净尾巴上的血迹。

蠢死了！

她心里着急，唯恐宸华杀掉小金，吞下蛇丹增进修为。

"哎哟，原来是你啊！真巧，咱们又见面了。"她藏住愤怒，上前两步，故作惊喜地打招呼。

宸华淡淡地说："不巧，我跟了你一路。"

龙初瑶噎住了，差点儿没绷住骂出声。她压了压火气，笑眯眯地套近乎："要想和我同行，说一声不就行了，何苦鬼鬼祟祟跟了我一路？要是被人看见了，损了你的英明，可就不好了。"

"不跟着你，本尊能见到它？"宸华晃了晃捆仙索里的金蛇，转身就走。龙初瑶拦在他面前，眨着紫葡萄似的大眼睛可怜兮兮地看着他："原来你想抓小金啊，这种小蛇草地里多的是，你抓它干什么啊？是南王世子让你抓的吗？哎，你别走啊……反正你闲着也是闲着，咱们聊聊天，就当解闷？"

宸华冷笑一声，语气里透出一丝寒意："谁告诉你我很闲？"

龙初瑶惊讶地睁大眼睛，满脸愕然："你都无聊地抓蛇了，还不闲？"

天庭这点儿破事，宸华一丁点儿也不想和她讲，何况他在龙初瑶手里栽过一次，知道她看似纯白如纸，实则心思狡黠。

"本尊闲不闲都与你无关。"

话音刚落，龙初瑶一双清澈明亮的眼里就蒙上了一层雾气："你这么说就太没良心了。咱们有两面之缘，而且我还在家里招待过你，你转眼全忘了？"

不提招待还好，一提这件事宸华立马能想到他被迷晕醒来以后的画面。

那时,他头昏脑涨地睁开眼,旁边竟然围着很多看热闹的小妖。这些小妖特别可恨,自己看热闹不算,还呼朋唤友地抬来几个连路都走不动的老妖怪。

他们煞有介事地指指点点,说天庭式微,一代不如一代。

他睁眼的瞬间,赫赫神光耀亮夜空。一些离得近且道行浅的小妖直接被神光刺透,魂飞魄散。离得远的则四散逃窜。还有一只小妖被他的威严钉在地面,吓得瑟瑟发抖,涕泪纵横地哭喊着"神君饶命,小妖再也不敢了"。

当时宸华气炸了,眼底火光炸裂,冷冷地盯着小妖问道:"人呢?"

"我……我……我……"小妖支支吾吾的,一句整话都没说出来,直接眼睛一翻,晕倒在地。

山神也在场,他一看躲不了了,只好缩着脑袋,战战兢兢地回答:"小神无能,实在打不过这些妖物,才让它们冲撞了您。"

"我问的是那个迷晕我的女子。"宸华冷厉的眸光中升腾着熊熊火焰。

天庭神君,哪怕是愤怒也该神光赫赫、普照天地,为何宸华的愤怒,竟然让他看到了魔界的影子?山神心中疑窦顿生,却经不住逼问,急忙跪在地上老实回答:"她叫龙初瑶,今年十六岁……"

"我管她叫什么,我问的是她在水里下了什么?你身为山神,就没发现?"宸华厉声呵斥。

山神哭丧着脸,绝望地解释:"小神看见她往水里下药,早就偷梁换柱,把那迷药换成了香灰……"

话音刚落,山神就看到宸华正恶狠狠地盯着自己。他哆嗦一下,急忙换了一种说法:"没想到……香灰有催眠的作用。"

山神简直佩服自己,竟然能想出"催眠"这种说辞。

宸华脸色铁青。身为神君，受人间香火而生，被迷药迷晕也就罢了，竟然能被香灰催眠！

他笑了笑，眼里已有危险的气息。

山神打了个冷战，连忙把龙初瑶用来装迷药的水瓢递过去，气鼓鼓地转移话题："神君，您看！就是这个葫芦瓢。"

宸华脸色越发铁青，强忍着怒火准备揭穿证据，治山神一个"亵渎神灵"的罪名。

他才不信自己能被香灰迷倒，没想到水瓢到手，用真火烤干最后一滴水后，凝固在瓢底的果真是一小撮香灰。

山神心有余悸，悄悄擦了擦汗，一脸"您看我没骗您吧"的大义凛然。宸华一腔怒火发泄不出，长这么大，他还从没被人这么捉弄过！

下界前，司命神君曾说过他命有一劫，劫在西南。还说，当他遇到劫数时会方寸全失。

宸华全然不信，问他为什么自己遇上劫数时会方寸全失？司命神君却故作玄虚地不告诉他。

宸华平时最讨厌他们聚在一起神神道道。司命神君走后，他怎么想都觉得气不顺，当天晚上，直接摸上南天门，堵在司命回家的路上，悄悄地把他暴揍了一顿。

第二天，司命顶着一张被打得青紫的脸，眼泪汪汪地指天骂地，发誓一定会找到幕后黑手，让他知道自己的厉害。而宸华就站在他眼皮底下，一脸淡定地吃着果子。

开什么玩笑？司命要真能算出自己的劫数，就不会一而再，再而三地被天庭同僚们逮住一顿揍了。不过，他再不高兴也得承认司命这家伙还是有些真本事。不然，龙初瑶一出现，他也不会方寸全失了。

大贤在西南方向，龙初瑶不就是他的劫数吗？

惹不起,他还躲不起?所以,这次遇上龙初瑶,他直接沉着脸抓完金蛇就走。可他没想到,龙初瑶哪壶不开提哪壶,竟然恬不知耻地跑来说,自己在家中招待过他。

宸华的脸色漆黑如墨。

"本尊倒真要谢谢你的招待。"

他的声音轻柔又动听,宛如东风吹绿原野,让人听得心都化了。可话音刚落,捆仙索中的小金骇然抬起头,敏锐地察觉到他语气中透着的杀气,如梦初醒般疯狂挣扎起来。

天色越发阴沉,狂风骤起,草叶翻飞。龙初瑶站在原地,衣袂猎猎舞动着。

她捋了捋碎发,微笑着说:"谢就不必了,我见这条小蛇有点儿可怜,您宅心仁厚,不如把它放了?"

宸华淡淡地瞥了瞥她:"本尊若是不放呢?"

"那……"龙初瑶挑了挑眉,酝酿许久后扯住他的胳膊,想也不想地朝他脸上吐口水。

她记得一本书里说过,但凡精魅最怕人类的口水。每当她害怕时,就会朝周围吐吐口水。方法不错,次次都奏效。她以为这次也一样,吐了口水,这个厚颜无耻、抢她战果的可恨精魅就会立刻害怕地转身逃跑。

可她没想到,当她踮起脚尖凑上去,想要吐口水的时候,宸华刚好低下头。他的眼眸明亮深邃,又在阴沉的天色下闪着火光,耀眼得不可思议。她心里一惊,慌乱中口水没吐出来,唇瓣险些擦过宸华的脸颊。

第三章 捕蛇

她整个人都傻了。

宸华也愣在原地一动不动，呆呆地看着眼前的少女。许久以后，他的喉结艰难地滚动了一下，脸色绯红，连声音都变得暴躁起来："你在干什么？"

"我……我……"龙初瑶支支吾吾地说不出话。

待在捆仙索里的小金也吓得不轻。龙初瑶一介凡人，五感迟钝，自然感觉不到宸华的危险。可它不一样啊，它修炼百年，全凭天生的警觉，才逃出诸多劫难。

它断定眼前的家伙是个狠角色！可龙初瑶这个倒霉鬼居然还敢朝他吐口水！

完了完了！它可不想陪她一起死。

金蛇的身子在不停地变化，却被银光灿灿的捆仙索箍紧皮肉。它不断挣扎，身上顿时多了好几道可怕的血痕。

"咝……咝……"它痛苦地扭动着身子，对危险的感知力让它心神大乱、理智全失，暗金色的眼眸中闪过一道金光。说时迟，那时快，恢复原身的金蛇突然撑开捆仙索，朝宸华扑去。

然而，比它速度更快的，是宸华默念的术语。随着莲花乍现，金蛇瞬间被他压制，再次变成筷子长短的小豆丁。

龙初瑶看着他瞬间降服金蛇，惊讶地瞪大了双眼。然而，宸华根本没觉得这是件多厉害的事，只是错愕地看着眼前清秀的少女。

他似乎还没想通龙初瑶到底想干什么，只好压低声音再次说："你刚才在做什么？"

"我……什么都没有做啊……"龙初瑶彻底吓傻了。

完了完了，这个精魅怎么这么厉害？口水都不能吓跑他，反而让他越挫越勇，一口气拍晕了小金。对付完小金，他会找自己算账吗？我还不能死啊，我死了……七月怎么办？

041

龙初瑶胡思乱想着，眼睛睁得又大又圆。

她担心地看了看小金，眼泪"啪嗒啪嗒"地往下掉，拳头也死死地压在胸口，仿佛不这样做，她的心脏就会从胸腔中跳出来一样。

一人一蛇突然变得无比团结，惊慌失措地抱成一团。

可能……是他即将完成天庭交付的任务，心情特别愉悦，也有可能是初春的风格外舒爽，宸华的嘴角下意识地浮现出一抹笑容。

他看了一眼龙初瑶，突然觉得自己为了"一撮香灰"，一段尚未被证实的"天劫"和她计较，实在有违他的威名。这次下界，虽然经历的事让他头疼，但抓住守护兽，却也算进展神速。而且这期间，也少不了龙初瑶的功劳。

"算了，你虽然有点儿可恶，但也帮本尊办成了一件大事。不管你想做什么，本尊都不与你计较了。你不是挺喜欢陆府的镇魂铃吗？可那镇魂铃只能辟邪趋吉，远不如我手里的蛇纹坠……"宸华抿着唇，手里顿时出现一个晶莹剔透、似玉非玉的蛇纹坠。

蛇纹坠外表碧光闪烁，里面却有一条金灿灿的小蛇。小蛇活灵活现，像是要吞云吐雾，冲破坠纹。

"这个是……"龙初瑶疑惑道。

宸华笑了笑："送你的。"

龙初瑶迟疑地看了他一眼，不敢去接。谁知道这坠子里面会不会突然冒出条大蛇吞了她。宸华也不生气，直接把蛇纹坠挂在她脖子上，然后幻化出法阵，淡淡一笑："本尊也该走了。"

这就走了吗？龙初瑶一怔。

她处处防他、骗他，他不但不生气，反而真心相待。龙初瑶低下头，突然觉得羞愧。她沉默许久，递给宸华一个水囊："你送了我这么贵重的东西，我无以为报，只能以茶代酒，替你饯行。"

宸华的眼底闪过一丝感动的光芒。

龙女递明珠给佛祖,一递一接之间,龙女成佛。他在天庭时,偶尔和同僚们参悟玄虚。万般天机,皆是修行。他以为龙初瑶"递水囊"的举动,是在问他:来日可否再相见?

天机不能道破。宸华决定用行动告诉她,有缘自能相见。

他接过水囊,仰头一饮而尽。细小的水流从囊口涓涓流入口中,喝着喝着,他突然感觉到哪里不对劲。昨日,龙初瑶递给他一瓢水,和他说:"喝口水吧。"今日,龙初瑶又递了个水囊给他。

他检查过,水里没有香灰也没有迷药,可这天旋地转的眩晕是怎么回事?历史总有惊人的相似!龙初瑶难道在水里下迷药了?同一个坑,他狠狠栽了两次。

"你又在水里做了什么手脚?"宸华怒声责问,回答他的却是"咣当"一声倒地的震响。

"让你吓我!让你找我麻烦!小小精魅,以为长得俊美就能为所欲为?今日七月不在,我看你还有什么神通?"龙初瑶一把抢回自己的水囊,往腰间一系。

什么愧疚、沉默,都是骗人的。

龙初瑶迷晕宸华之后,直接找了个小铲子准备刨坑埋人。她看过一本书,书里说只要按照奇门遁甲精算位置将精魅埋入黄土,就能使他们永沉地底无力作祟。

龙初瑶正在费力地刨土,捆仙索里的小金看着这一切目瞪口呆。

它睁着暗金色的眼睛,傻乎乎地看着龙初瑶,突然兴奋起来。在诸多的追随者中,它还从未见过龙初瑶这样浑身是胆、诛仙灭神的……英雄。

宸华看着就厉害,可她还是在水里下迷药把人迷晕了。难道就不怕宸华醒来把她剥皮抽筋?小金有点儿怕,但更多的是激动。龙初瑶如此英勇神武,当个跟班未免屈才。也许,它能提拔她当自己的左右护法。

"咝咝……"它焦虑地吐着芯子,眼巴巴地看着龙初瑶。这捆仙索勒得它皮开肉绽,很不舒服。长这么大,它还从未吃过这样的苦头。当务之急,还是得赶紧挣脱。

似乎感受到身后的视线,龙初瑶疑惑地回过头,一眼就看到捆仙索里的小金。她一拍脑门:光顾着刨土了,竟然把正事忘了。她胡乱扯了几下,不但没扯开绳子,反倒让绳索勒紧了蛇身,痛得小金泪眼汪汪,咝咝乱叫。

"什么破绳子?怎么扯不开?"她小声嘀咕,然后从鹿皮靴里抽出一柄银光闪闪的匕首,想也不想地挥了过去。

"咝咝咝……"小金想,这匕首肯定是能割断绳子的。

在它期盼的眼神中,让人惊讶的事情发生了:火光四溅,龙初瑶虎口都被震麻了,捆仙索却完好无损。

龙初瑶接连挥了十几下,直到双手被震得没有知觉,匕首也被劈出几个狗啃似的小豁口才放弃。

暮色四合。不知不觉,她在这儿耗了一个时辰,眼瞅小金的洁癖症状马上就会消失。如果割不开捆仙索,一旦小金恢复原形,那么大一条金蟒,吞十个她都不在话下,那时,她再想杀蛇取胆,肯定难如登天。

一不做,二不休。龙初瑶狠了狠心,决定无视捆仙索,直接剖开蛇腹。

"咝……咝……"捆仙索里的小金,一点儿都没察觉到龙初瑶的想法,依旧欢快地吐着鲜红的芯子,期待着她早点儿解开捆仙

索，救它出去。

暗金色的眼里闪着亮光，小金激动地嚷嚷："我说人类啊，怎么这么久了绳索还是没解开？不如你把那匕首给我，让我自己弄！"

嚷嚷半天，龙初瑶没把匕首给它。

它突然后悔起来。下山前，狐仙和它说过很多次，让它学会人话，关键时刻可以保命。当时它得过且过，觉得狐仙危言耸听，根本不把它的话放在心里。

在它看来，自己是修炼百年的金蟒，干吗要纡尊降贵，学习人话？直到此时，被困在捆仙索里，它才深刻地意识到自己错了。

"咝……"它长叹一口气，有些嫌弃地看着龙初瑶，神色萎靡。

龙初瑶当然没注意到金蛇的情绪，搓了搓通红的手，重新握住匕首奋力一刺。

"咝！"见匕首朝自己刺过来，小金吓得直接缩成一团："英雄！你想干什么啊？你要是一不留神伤到我可怎么办？"它"咝咝"乱叫着，以为龙初瑶手抖，没拿好匕首。

捆仙索发出灿烂银光，突然温柔地护住小蛇。龙初瑶连戳了几次都没戳进去，一开始，小金还很害怕，现在只当龙初瑶和自己闹着玩。

它快活地眯着眼睛，甩了甩尾巴，可是甩着甩着，就笑不出来了。

一件让它整个蛇生绝望的事情发生了——龙初瑶居然拖着捆仙索，一路回家。磕磕碰碰间，泥灰翻飞。它看着脏兮兮的自己，眼一翻，直接崩溃。

如果它能说话，此刻，回荡在郊外的，一定是它绝望的哭声。

宸华每月领了薪资之后，都会招呼伙伴们搓麻将，可每次都输钱。今天散场之后，这些赢了宸华的神君背着他议论纷纷。

火神乐滋滋地嘲讽："今天宸华神君的手气真的太烂了。"

水神点了点头："他把裤子输给了我，可我又穿不了。"

"不过，六合星君也太过分了吧，竟然趁着宸华不注意的时候出老千，直接赢了宸华十二座神仙洞府。"水神幸灾乐祸地说。

就在这时，有小仙童满脸绝望地跑了过来："不好了。"

水神认出那仙童是自家的，唯恐自己失了体面，板着脸骂道："慌慌张张，成何体统？"

小仙童哭道："师父，不好了，您赢了宸华神君一条裤子，如今他砸了咱们家的牌匾泄愤。"

在水神骇然色变的时候，火神家的小仙童也前来报信："师父，不好了，宸华神君砸了咱们家的炼丹炉。"

低迷的气息萦绕在诸神君身边。

"宸华神君竟然如此暴力，我一定要在玉帝面前告他一状！"

"我只赢了他一条裤子而已。六合赢了他十二座神仙洞府，怎么就不见他刁难六合？"

在诸神君气势汹汹、同仇敌忾的时候，一条消息悄悄地传遍整个天庭，让所有搓过麻将的神君彻底傻眼——六合星君回家路上，遭逢雷劫，现在跌落人间，生死不明。

生死不明、生死不明、生死不明……

京城有"门前栽槐,升官发财"的说法。每到四月,家家户户门前槐花绽放,一串串雪白的花苞缀在翠绿色的叶隙间,散发出阵阵沁人心脾的清香。打下槐枝,劈开槐刺,将晶莹的槐花放到嘴里,口鼻间顿时溢满清甜。

十二个月份中,龙初瑶最喜欢的就是四月。也只有在四月,她才能采摘到香甜的槐花,吃得心满意足。

不过今年的槐花开得有些晚。

她每天都掰着手指过日子,等门口的槐树开花。等了五六天,参天的槐树依旧纹丝不动,一点儿动静都没有。没想到,今天回来时,她竟然闻到了满巷子的槐花香。

龙初瑶漆黑的眼眸倏地一亮,肚子"咕噜咕噜"地叫起来。她迫不及待地想要回家,却在巷子口止住了脚步。

她和七月住在京城西北角的一条巷子里,街里街坊的都是热心人,平日里也会互相帮忙,关系都不错。但是因为她债台高筑、欠钱不还,大家渐渐有了意见。

"龙姑娘,你前天借我的一碗米,什么时候还啊?"

"龙姑娘,过来过来……你上次找我借的针,用完了吗?"

"龙姑娘回来了?啥时候还钱呢?"

别人家白天都开着门,欢快地聊一些街里街坊的趣事。只要她一回来,身后准跟着一群讨债的邻居,大家讨债的唾沫星子都能把她喷死。

后来,她学聪明了。知道开门会惹麻烦,索性白天也紧闭大

门，连只苍蝇都飞不进去。而且她要是出门，通常是五更前出去，子时才回来。

她仔细观察过了，今天，隔壁的关婶在家。关婶的眼神特别好，从她附近路过，显然是自投罗网。

看来，只能翻墙到谷婶家，然后再回去了。

谷婶一家回老家探亲，家里没人。龙初瑶贴紧墙根，准备等在巷子外面晒被子的张大爷回家以后，迅速冲进巷子，翻到谷婶家后院，然后从她家的墙根翻回家。

没想到，她人还没冲进巷子，脑门就被小石子不轻不重地打了一下。

龙初瑶捂着脑袋，生气地回过头，发现关婶的儿子正拿着弹弓，坐在小马扎上傻乎乎地盯着自己。这个小胖子不是该去学堂读书了吗？怎么大白天还在家门口玩弹弓？

龙初瑶脑袋发蒙，转身就跑。

小胖子扯着嗓子喊起来："娘，龙家那个赔钱货回来了！"

眼前突然多了无数道人影。龙初瑶想不明白，平日里连走路都颤颤巍巍的邻居们，怎么此时跑得比她都快？

她尴尬地站在原地，打了声招呼："关……关婶……好巧……我欠你家那一碗米……"

关婶一把抓住她的手腕，打断她的话："都什么时候了，谁还有心思管那一碗米？龙姑娘，你妹妹快不行了。"

手中的捆仙索倏地落地，龙初瑶身子晃了一下，拔腿就跑。

家门口围了很多街坊。见她回来，给七月擦汗的陈婶急忙从屋内走出来："龙丫头，你可算回来了。"

"我做了一些小菜，想着七月爱吃，就送一碗过来。没想到敲了半天的门，一点儿回应都没有。七月平时最乖巧，从来不会不应

门。我有些担心,推门进来以后就看见她昏倒在院里。"关婶在一旁擦了擦眼泪。

陈婶急得火烧眉毛:"龙姑娘,家里没药吗?我们家老陈也是腿脚不好,用活络油擦擦就好了,可我给七月擦了,一点儿都不管用。"

龙初瑶呆呆地站在原地,哽咽地说:"没用的,保和堂的柳大夫说了,七月得的是富贵病,得用人参、鹿茸、老灵芝……"

陈婶怔了一下:"老陈一年的收入都买不到一根人参。七月年纪轻轻的怎么就得了这么个病?"

龙初瑶眼眶发红,声音颤抖:"都怪我……"

陈婶心疼地搂住她:"这怎么能怪你呢?你起早贪黑地赚钱给她治病,七月能活到现在,多亏了你啊!"

多亏她?多亏她什么呢?养母要不是为了她,就不会因为急着回家,在踉跄中散开襁褓,让毒荆棘划破七月的腿,落下这治不好的顽疾。

眼泪"啪嗒啪嗒"地往下掉,一股说不出的自责涌上心头,压得龙初瑶喘不过气,心痛到难以呼吸。

她是孤儿,是七月的母亲收留了她,她才能活下来。养母重新给了她生命,她粉身碎骨,无以为报。记忆中,养母的嘱托历历在耳:"瑶瑶,七月就拜托你了。她身子弱,没了你,还不知道能不能活下去。"

"赔钱货!扫帚星!要不是为了她,我闺女能得这病?你还护着她?"

记忆中也有养父暴躁的声音。

小时候,她经常被养父打得身上青一块、紫一块,然后被丢到小黑屋,不让她吃饭。养母会偷偷过来,把省下来的白面馒头塞给她。再到后来,七月也会跌跌撞撞地爬到她身边,眼泪汪汪地安慰

她:"姐姐,疼吗?"

她被小小的七月搂在怀里,心中却是说不出的怨恨。要不是七月,她怎么会被人打骂?

然而,岁月是最好的良药。养父辞世以后,养母的慈爱和七月的纯真,让冷漠的她渐渐开朗起来。她喜欢看书,养母便想方设法地给她买来许多书;她喜欢抚琴,养母便帮人洗了半年的衣裳,终于给她攒够钱,买了琴。

那时候,七月的病还没那么重,家里也有些积蓄,她们过得还算不错。可命运偏爱捉弄人,在七月腿疾最严重的时候,养母去世了。

一开始,龙初瑶还能扛住家中的重担,照顾好自己和七月。渐渐地,随着七月的腿疾越来越严重,家里便入不敷出了。

"姐姐,你怎么能骗人?"

"敢偷我的东西,给我往死里打!"

"小小年纪,竟然满口谎话!"

七月失望的目光、富商们颐指气使的怒骂和王孙公子们鄙夷的唾弃……无数的场景掠入脑海,无数个嘈杂的声音传入耳中。她被打断三根肋骨,又放弃自尊、失去原则,却依然治不好七月的腿疾……

她强装镇定,一遍遍地告诉自己:龙初瑶,你要坚强,不要哭。可不知道为什么,越是这么说,鼻子就越是发酸。

她颤抖的手轻轻覆在七月的腿上:"七月,别哭,别害怕……姐姐在这儿,姐姐会治好你的。一定!"

"滚!天天来赊药,你以为我保和堂是开善堂的?"

随着"咣当"一声闷响,保和堂内,一个满脸泪痕的姑娘

被丢了出来。

龙初瑶在原地打了个滚,似乎没有察觉到身上被石块擦出的瘀青。她连滚带爬地往前冲了两步,一把抱住柳大夫的衣角:"柳大夫,求求您了!我保证十天之内还清欠款,求求您去看看七月……您从前说过,七月中的毒太烈,昏厥的时间越长,寿命就越短……"

"她命短命长和我有什么关系?"柳大夫嫌弃地甩开龙初瑶的手,一脸不悦。

"柳大夫,求您了。七月才十三岁,她还那么小……"

"没钱就别生病,生了病也忍着。治不好就一张席子卷着埋了。我保和堂没那么大的善心,天天拿银子给你妹妹吊着命!"柳大夫蓄着两撇小胡子,一双精明的绿豆眼居高临下地盯着龙初瑶,仿佛她是什么瘟疫。

"我会还钱的……"

"钱呢?打从两个月前你就这么说。可钱一分没还,账是越赊越多!"

"这次不一样。"

"这话别和我说,我要再信你,保和堂就得亏本关门了。我早就和你说过,让你把七月卖给胡员外当丫鬟,可你不听……"

龙初瑶一脸绝望:"胡员外都已经七十岁了……"

"人家有的是钱。"

龙初瑶咬了咬牙,抱着最后一线生机:"您看我行不?"

"胡员外高门大户,诗礼传家,像你这种天天在外面抛头露面的,就算白给人家当丫鬟,人家都不要。"

柳大夫烦躁地挥了挥手,正准备找人把龙初瑶抬走,旁边看似憨厚的学徒走了过来。他悄悄扯了扯柳大夫的衣角,压低声音:

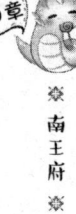

第四章 南王府

"师父,师父。"

"干什么?别扯坏衣裳。"

学徒小声嘀咕:"师父,南王府不是在招丫鬟吗?一个能有二十两银子。"

柳大夫瞪了他一眼:"南王府是什么地方?他们家的丫鬟,哪个不是琴棋书画样样精通,像龙初瑶这种乡野丫头……"

"龙初瑶虽然出身乡野,但她能在黑市当乐师,想必是有些能耐的。"学徒瞥了一眼龙初瑶,把声音又压低一些,"再说了,南王夫人向来刁钻,护子心切,现在根本没有谁家的闺女肯去南王府当丫鬟……"

话不必点透,柳大夫已经了然,只是言语间还有些犹豫:"南王夫人到现在还没给世子找到伺候他的丫鬟吗?"

"南王世子只要有点儿病痛,第一个倒霉的就是他身边的丫鬟和侍童。别家王府里的丫鬟穿金戴银,唯独南王世子的丫鬟吃苦受罪。教坊里的姑娘们倒是琴棋书画样样精通,可根本没人肯去送死啊!而那些贫苦人家的姑娘虽然能吃苦,一条贱命无所谓,可南王夫人哪里看得上眼啊?"学徒悉心劝道。

柳大夫沉吟半晌,点了点头:"这么说来,龙初瑶倒的确是个好人选。"

学徒凑过头,神秘兮兮地说:"您不总说,您曾爷爷当年在御医局跟错了人,贵妃失势,才被贬出了皇宫,要是您拉拢了南王夫人……"

那学徒极其聪明,每次话说一半,点到为止。

柳大夫也是人精,听到这儿,豁然醒悟:真要像学徒说的这样,一来二去,他只要和南王夫人混熟了,回到御医局不就是顺理成章的事?可他还是有些犹豫:"胡员外老是老一点儿,但龙七月

如果去的话,肯定没有性命之忧。可南王府,你我都清楚,龙初瑶去了以后,恐怕没有活着出来的命……"

医者,治病救人。他虽然有些贪图小利,却从未做过伤人性命的事。

学徒却不给他犹豫的机会:"师父,龙七月的病反正治不好,龙初瑶却不相信她治不好妹妹。这人,一旦有了执念,就会变得很可怕。"

龙初瑶刚来保和堂的时候,还是个坦诚热情的少女。这几年,他是亲眼见到龙初瑶从纯白如纸,变得坑蒙拐骗,无所不做。

路是人选的,无论是苦还是甜。他们也不过是把路摆在龙初瑶面前,至于她怎么选、怎么走,那都是她的事。

柳大夫拈着两撇小胡子犹豫许久,随后满脸不耐烦地看着龙初瑶,嫌弃道:"现在还有一个办法,就看你有没有胆量试一试……"

从保和堂离开以后,龙初瑶的脑袋里像是有两个小人在打架,打得天昏地暗,让她头痛难忍。

柳大夫说的方法是去南王府当丫鬟。

在没有当陆知鱼的琴替之前,她对南王府的印象,也不过是朱门绮户,富贵泼天。可从南王府出来以后,她在茶馆打杂的时候,听到别人说南王夫人是个爱子心切的女子,还有些蛮横不讲理。还说南王世子病弱,被宰相家的女儿退了一门婚事,至今未娶,而南王府的丫鬟也不好当,只要世子生了一点儿病,府邸上下人人抄录佛经。若谁没伺候好世子,一条小命都要交待在后花园的池塘里。

但南王府极其阔绰，丫鬟和侍童都是从小挑选，由专门的管教姑姑手把手地教导数年，才能伺候世子的。

这几年，南王世子的身体不太好，伤风感冒的小病小痛多了起来，所以那些丫鬟和侍童像麦子似的，被南王夫人悄无声息地割了一茬又一茬。

不用想都知道，他们最后肯定成了南王府后花园的花泥、鱼肥。若非如此，这样招丫鬟的小事，也轮不到柳大夫替南王夫人谋划。

柳大夫说得很明白，进了南王府虽然生死未卜，自己却还有点儿机会。只要签了卖身契，便能提前拿到一大笔银子给七月看病。七月现在躺在床上生死未卜，她根本没有机会考虑那么多。可她要是真去了南王府，签下卖身契，往后便生是南王府的人，死是南王府的鬼。

出都出不来，还怎么给七月当靠山？

而且，她弄来的银子虽然能解现在的围，但往后呢？她要一不小心没伺候好南王世子，让他生了病，自己就算有十条命都不够。她要是死了，谁来照顾七月呢？

龙初瑶虽然是个贪图小利的人，可她也清楚一点——命没了，那就什么都没了。

她不能死，为了七月，也不能死。

脑海里的小人争斗得激烈，不知不觉中，龙初瑶来到了南王府招人的院子里。

"什么名字？"

"龙初瑶。"

"今年多大了？"

"十六。"

"知道这是什么地方不？"

"南王府……"

"卖身,还是来当短工?"

看见磨磨蹭蹭走过来的龙初瑶,南王府招丫鬟的小厮当即拿着毛笔,用舌头润了润笔尖,问起她的基本情况。

脑海里一片空白,龙初瑶下意识地回答。直到小厮问到"卖身还是短工"时,她才反应过来:"我不卖身。"

"哦,那就是短工。短工钱少,不划算……不过和我没关系,在这儿签个字,画个押,一会儿拿着条子,去账房提钱,可以先提三天的预付工钱。"小厮头也不抬,在纸上飞快地写着。

写完以后,小厮对着阳光满意地打量了一下自己狗爬似的大字,然后抓住龙初瑶的手,准备让她在纸上画押。龙初瑶的动作无比迅速,"哧溜"一下缩回了手:"我也不打短工。"

"不打短工你来这儿干吗?知道这是什么地方吗?"小厮怒了,冷不丁拍桌站了起来。

"快看,那是什么?"龙初瑶指着天空,惊讶地喊了一声。

小厮果然上当,抬头往天上望。就这一瞬间,龙初瑶像成精的泥鳅似的,眨眼就跑得无影无踪。

好险!她差点儿就把自己卖掉了。龙初瑶坐在院外的墙根边上,大口大口地喘着粗气。

她转过头,看着南王府高耸入云的朱红墙瓦,突然想起自己当陆知鱼琴替时进过一次南王府。府里三步一阁、五步一亭。角落里燃着能够驱寒辟邪的名贵熏香,阁楼里的茶几上堆叠着观赏用的佛手柑,无一不是价值连城。

黑市上,那些熏香、佛手柑由各地来的富商收购,贵人们却弃之如敝屣。龙初瑶转了转眼珠,心里有了主意:南王夫人为富不仁,她可以从府里捡些他们不要的熏香、花卉拿到黑市售卖。

她望了望四周,不远处有一棵缀满槐花串的参天古树,从槐树爬上去,可以直接跳到南王府。只要在角落中捡一块熏香拿到黑市,最少也有三两银钱。如果运气好,也许能在天黑之前办完这些事,顺利把柳大夫请回家给七月治病。

说干就干!龙初瑶利落地爬树、翻墙,跳进南王府后院,甚至顺利地捡到一块熄灭的熏香。可她没想到,就在她准备原路返回,溜出王府的时候,身后却传来一个清脆的声音。

"英雄……英雄,站住站住!"声音略显稚嫩,透着孩童特有的朝气。

龙初瑶爬到一半,被这突兀的声音吓了一跳。

"这院子藏风聚气,是个难得的福地啊!"清脆的声音再次响起。

这可是南王府啊!能不是福地吗?龙初瑶头皮都快炸开了,在心里不由自主地嘟囔了两句。而且,除了南王世子,她没听过南王夫人还有别的儿子啊,那么,这声音的主人是谁?

就在龙初瑶提心吊胆,琢磨他的身份时,又听见"啊"的一声。

"江滨绿柳多烟鬟,岸下碧水生风鳞。"伴随着他诗兴大发的吟诵,龙初瑶灰头土脸地从墙上摔了下来。

那么高的墙,从上面"骨碌骨碌"地滚下来。哪怕院子里的草地减少了很多冲力,龙初瑶依然摔得七荤八素,眼泪汪汪。

"哗哗……哈哈哈哈……倒栽葱!我长这么大,还是第一次看见有人从墙上摔下来。"

嚣张的狂笑声不绝于耳。

龙初瑶望了望四周,却连个人影都没看见。不过,她从刚才的狂笑声中察觉到一丝不对劲。正常小孩笑也就笑了,为什么……他笑着笑着,时不时还发出"哗哗"的声音?

"别急着走啊,我好不容易才跟着你过来,这墙好高呢,你让

我歇一歇再走。"

不远处的草丛里发出窸窸窣窣的响动。

那孩子的声音慢吞吞的,还在感慨:"风好温柔……我喜欢春天。"

龙初瑶捂着额头上磕出的包,深吸一口气,循着声音发出的方向,猛地拨开杂草——银光闪闪的捆仙索中,小金祖着肚皮,懒洋洋地晒着太阳,摇头摆尾地嘟囔着。

一人一蛇,大眼瞪小眼。

小金原本还有些困意,睁开眼便看到龙初瑶正皱着眉头,一动不动地盯着它。它破天荒地有了几分心虚。

对视了一会儿,小金有点儿不好意思地挪开目光,"哎呀"一声,慢吞吞地嚷嚷:"英雄不愧是英雄,不费吹灰之力就能发现我的藏身之地,佩服佩服。"

"你是……小金?"龙初瑶犹豫了一下,问。

"对啊,半日不见,莫非我又帅了三分?帅到你都认不出来了?"小金得意地挺了挺胸,骄傲无比。

"你会说话?"龙初瑶沉默了一下,又问。

"可能是南王府灵气磅礴,我在这儿游了几圈,突然就会说话了,也有可能是蛇爷我本身就聪明厉害,修道至今,终于开灵窍了……憋了我三百年啊……不容易啊……我今天才发现说话的感觉多美妙!"小金开心地翻滚着,兴奋溢于言表。

"那……真是恭喜你了。"龙初瑶低下头,压低声音问了一句,粉红色的唇瓣勾出一抹"温柔"的笑容,"不过,你在这儿干吗?"

到底是蛇类,哪怕龙初瑶微笑着,小金都能敏锐地感觉到潜在的危机。它拖着捆仙索,憨态可掬地往后翻了一圈,压低声音:

"我就在这儿看看风景,吟诗作对。那个……英雄,你怎么了?你别这么看着我,我胆子小,不经吓。"

它不说话还好,一说话龙初瑶气得跳了起来:"你不经吓?我呸!"

这些日子以来遭受的恐惧,以及对七月的担心,让龙初瑶彻底炸毛。她随手捡起地上的石头,对着小金就是一顿乱砸:"你哪里是看风景,吟诗作对?你分明就是躲在暗处吓人!我让你吓我,我让你吓我!"

"嗞嗞……孔子曰:'君子泰而不骄,小人骄而不泰。'哎,你别动手啊!咱们都是读过书的人,要讲讲道理啊!"

"让我跟一条蛇讲道理,我呸!"龙初瑶急红了眼。

小金拖着捆仙索,狼狈地在草皮上翻滚着胖嘟嘟的身子,嘴里连连求饶:"别砸了,别砸了。"

龙初瑶不想理它,依旧拿着石块往它身上砸。可她那石块也就看着厉害,一砸到捆仙索,顿时反弹,根本穿不过银网。

小金滚了一圈又一圈,从后花园到亭台花榭,一个逃一个追。

南王府值班的守卫揉了揉眼,确定自己没有看错,真的有个十五六岁的少女拿着石头,追着个忽胀忽缩的银网,朝南王世子住的院子里跑去。

"什么?有人闯入墨雪斋?"

听到这个消息,南王夫人拍桌而起,杯中的茶水倒映出她微怒的脸庞,云鬓边闪动着灿灿流光的金步摇透出她此时不平静的心情。

"夫人息怒……"站在一旁的丫鬟、侍从纷纷跪下,噤若寒蝉。

"息怒？你们让我如何咽下这口气？墨儿打小体虚多病，我日日诵佛，只求佛祖菩萨保佑他健健康康。平日里，墨雪斋连只苍蝇都飞不进去，如今闯进一个大活人，直接破了风水，你们怎么看的门？"

南王夫人的怒气不消，众人也不知如何是好，只好跪在地上不再搭话。

伺候南王夫人的丫鬟自从南王夫人嫁入王府，就一直跟在她身边。相府嫌弃世子病弱，派人推掉婚约以后，夫人心里便烧着一团邪火，物色许久，左挑右选相中了前来争夺折花令的吏部尚书陆元礼的三小姐，陆知鱼。

陆三小姐才貌双全，足以艳压宰相府的千金。

夫人摆下戏台子，邀陆夫人来看戏、赏花，想要和陆夫人商量这门亲事。

这位陆夫人是继室，并非陆三小姐的亲生母亲，对陆三小姐的婚事也不太在意。不过，她觉得陆三小姐嫁个好人家，是给自己找不痛快。

南王夫人最讨厌见识短浅的妇人。陆家千金只有嫁得好才能护住陆元礼的面子，才能让陆夫人在京城抬头挺胸地做人。这么简单的道理，陆夫人竟然看不明白。

这几天，南王夫人和陆夫人推心置腹地说了很多话，好不容易让她明白了这个道理。说通陆夫人，让陆三小姐嫁入南王府，是南王夫人当前最重要的事。以她的脾气，这件事如果办不成，下人们肯定没有好日子过。

今日，夫人又摆下戏台邀陆夫人看戏，眼瞅时辰快到了，可夫人还没有动身的意思。伺候南王夫人的丫鬟唯恐南王夫人放陆夫人鸽子，丢了这门亲事，回头找下人们不痛快。

她咬了咬牙，上前两步，唯唯诺诺地劝道："夫人，您今晚约了陆夫人一同看戏……"

话音未落，南王夫人勃然大怒，一巴掌扇了过去："别人糊涂，你也跟着糊涂！陆夫人还真拿自己当个人物了？她家这门亲，不结也罢。这些人或事，哪比得上墨儿重要？我一日没看着，就被人钻了空子，我要不去瞧瞧，往后你们还不蹬鼻子上脸？"

丫鬟战战兢兢地跪在地上："夫人息怒，奴婢不敢……"

"滚远点儿，别挡着我的路！"

南王夫人的眼底掠过一抹寒光，在傍晚流泻的月光下，透着令人胆战心惊的冷酷。

天庭最近发布任务：下界寻找生肖守护兽。玉帝让司命神君操办，可司命神君直接犯了愁。满天庭的神君可都是老油条啊，一贯都是遇见好事冲、冲、冲，遇见麻烦缩、缩、缩。

寻找守护兽显然是个天大的麻烦，他的工作根本进行不下去。这很愁啊！奖金要泡汤！绩效要完蛋！

从此，司命神君有了"满口跑火车，见人抖机灵"的毛病，抓着一个是一个，抓住后就开始做思想工作。

这天，他抓到了宸华："宸华，组织交给你一项重大的任务，玉帝说了，只要你完成这项任务，肯定重点培养你！"

"玉帝说的？怎么培养？"宸华来了兴趣。

"是这样的……"司命神君抱着一堆条款，整个人都埋在条款下面，"噼里啪啦"从早晨念到晚上，正念到"人生不能没有追求"的时候，胳膊被人戳了戳。

月老满脸疑惑地看着他："司命，你在这儿干什么呢？"

"天庭发任务，让神君们去寻找十二生肖守护兽，这不，我在给宸华神君做思想工作呢。"

"工作做得怎么样了？"

司命信誓旦旦地挺了挺腰板："我才读到一半，还没有读完，不过，我觉得这次准能说动宸华神君。"

月老挑了挑眉，努力地憋着笑："哦？那宸华怎么说？"

司命骄傲地抬起头："宸华听得很认真的。"

他神气地顺手一指，紧接着看着空空如也的四周，傻了眼：宸华？宸华神君？宸华神君你人呢？

龙初瑶就是在这样的情况下,看见了怒火中烧的南王夫人。

傍晚的火烧云把天色染得殷红一片,南王夫人穿着百褶暗色蝶纹裙,乌黑的头发一丝不苟地梳在脑后,发髻簪着镶有珍珠的金步摇,虽煞气逼人,却很是好看。

大批侍卫将南王府围得水泄不通,只有墨雪斋寂静如初。

"夫人,属下找到这些。"有侍卫跪在地上,双手捧着香料给南王夫人过目。

跟在南王夫人身边的丫鬟取来香料,在鼻尖嗅了嗅。

"有线索吗?"南王夫人问。

丫鬟低着头,恭恭敬敬地回答:"这是明华池熏的香料。"

话音刚落,在场的侍卫顿时倒吸一口冷气:南王府的下人们看过各种名贵的香料,绝不会为了偷这么点儿香料跑到墨雪斋。这件事一定是前来偷窃的小贼干的。

守卫不严,他们难辞其咎。

唯恐南王夫人怪罪下来,有侍卫当即求饶:"夫人息怒,属下这就率人将那盗贼捉拿!"

"放肆!墨儿蕴养声息的地方,岂能让你们坏了风水气运?"

"属下知罪……"刚才说话的侍卫吓得战战兢兢,"扑通"一声跪在地上。

南王夫人俏脸生寒,言语冰冷:"行了,都睁大眼睛给我守在这儿,我进去看看。"

龙初瑶和小金缩在墨雪斋无人的角落里,透过门上的缝隙,往

外看了好久。

龙初瑶吓得浑身颤抖，小金却一点儿都不害怕。外面那个女人，除了裙子颜色花了一点儿、身上的金银多了一点儿，到底有什么可怕的？龙初瑶也太胆小了吧！

"咝……那条裙子挺好看的，你穿着肯定也不错。"它想了很久，决定开口转移龙初瑶的注意力。

龙初瑶听着外面的动静，正紧张得浑身发抖，小金冷不丁开口，直接把她惊得跳了起来。她慌忙伸出手捂住它的嘴，紧张地盯着外面："你不说话，没人把你当哑巴。"

"怕什么？我给你撑腰啊！待我现出原形，一定让这些无知的人类吓去半条命……我之前在金苑冬眠时，见过几个胆小鬼……金苑，沼泽地，你知道吧？那是我冬眠的老巢！你冬天去郊外再往东走五里地，就能见到我了。"

小金一点儿都没感觉到龙初瑶愤怒的目光，不断地扭着身子，碎碎念。

"曾经有好多人来金苑挑衅我，他们拿刀子甩在我身上，你猜怎么着？根本伤不到我，我反而收了好多的铁片。"

"什么是铁片？"龙初瑶本来不想搭理它，可是南王夫人的脚步声，让她紧张得透不过气来。

周围是骇人的寂静，她要是再不说话，一定会把自己逼疯。

"铁片你都不知道啊，就是这个啊……"它张开嘴，两颗雪白的毒牙闪闪发光，看得龙初瑶心中一惊。还来不及反应，它"咝"的一声，从肚子里面吐出了一个制作精美的山水画扇。

"咦？不是这个。"它低头看了一眼，继续张口。

在龙初瑶略显呆滞的目光中，小金又吐出了长刀、铁锹、菜刀、铁锅……

刚才还宽敞的屋子里,顿时出现各种稀奇古怪的东西,它们堆在一起,摇摇欲坠。

龙初瑶退后几步,咽了咽口水。没想到被捆仙索束缚住的豆丁小蛇,竟然会吐出这么多稀奇古怪的东西。

她的嘴角狠狠地抽搐了一下,紧接着有些抓狂。她拎起捆仙索,忍不住剧烈晃动起来:"你好端端的,没事弄这么多垃圾出来干什么?"

"你不是问我,什么是铁片吗?我吐出来给你开开眼界,你又嫌它们是垃圾。"小金冷哼一声。

"你赶紧把它们收回去!"

"你们人类太没眼光,这些都是我的宝贝,是我的军功簿!你不喜欢,我还不想给你看呢。"小金嫌弃地看了龙初瑶一眼,张开嘴又把那些铁锹、长刀吞了回去。

龙初瑶松了口气。她瘫在地上,如释重负地看着恢复原样的屋子,突然发现身边这条看似可爱的小金蛇其实脑筋不太好使。这些破铜烂铁一点儿用都没有,它却宝贝得不行,智商堪忧啊!

不过,刚才屋里闹出这么大动静,也不知道南王夫人有没有注意到。

龙初瑶心有余悸,自顾自地生着闷气。

小金也低落起来,慢吞吞地说道:"只可惜那时我人话说得还不好,不能阻止那些侍卫闯入蜃妖设下的幻阵。那些侍卫虽然来挑衅我,可我也不当回事。当他们想要逃跑时,我只好追在他们身后提醒前方的幻阵。可……他们跑得那么快,像是疯了一样,不管不顾地闯了进去……几十条人命啊……就这样没了。"

小金说着,摆了摆尾巴,布出一个幻界,龙初瑶的眼前突然浮现出史诗般辉煌壮美的画面。

第五章 往事如烟

强大的蜃妖从波涛汹涌的海面跃出,为了复仇,它追着金乌跋山涉水来到大贤。因为丢失了金乌的踪迹,它在黑夜里误打误撞地闯入金苑。

无边的沼泽包裹住它庞大的身躯,它变得脆弱不堪,奋力想逃脱金苑的束缚,却无能为力。曾经能够造出"海市蜃楼",倾覆一国,挑起人间争端的强大妖神,只能任由泥土和虫蚁慢慢分解腐蚀。

它利用身体里最后一丝灵力,在金苑结出幻境。

海风阵阵,海浪泛白,蔚蓝的海洋是它的归宿,它不该放弃大海来到陆地。

本以为一切至此而终,直到一群捕捉黄金巨蟒的人类闯入它的幻阵。

人类?一群卑贱肮脏的生物。他们乱捕滥捞,偷走了它藏在海螺中的宝贝,可惜,还没找到那个可恨的小偷,它就要被泥土牢牢锁在地底。

拼尽最后一丝灵力,蜃妖结出了最绚烂的幻阵。

"入我幻阵,不死不休。卑贱的人类,就随我一起沉入地底吧!"它癫狂地大笑。

"咝……"

小金感受到雾气中存在的危险,它拼尽浑身力气想要阻止一切,却依然阻止不了人类侍卫们溃散奔逃。

"咝咝……"

它拼命提醒:"不要去!不要去!"

"快跑!前面雾多,冲进去那条大蛇就追不进来了!"侍卫们惊慌失措,死心塌地地往迷雾里冲。

"咝——"当最后一个人冲进去,小金绝望地嘶吼着,暗金色的蛇鳞炸开,巨大的蛇尾摔得山石簌簌落下。

"我们安全了,那条蠢蛇进不来的。"侍卫们快活地笑了。

紧接着,濒临死亡的痛苦哭声此起彼伏,冲上云霄。

小金想阻止这一切,却无能为力。它游走在结界边缘,却不敢进去。那结界中的怨恨与绝望,那弥漫天地的大雾,像是一张血盆大口,疯狂地吞噬一切……

"我要是早一点儿学会说人话,那些人恐怕就不会无辜赴死了。"想起当日种种,小金情绪低落了很久。

周围的气氛突然变得压抑,龙初瑶呼吸一滞,心脏倏地缩紧。

虽然不曾经历这件可怕的事,但……她刚才看到的一切,都像是发生在身边一样,她仿佛变成小金,体会到那种无力的绝望。

龙初瑶静静地看着失落的小金蛇,突然沉默下来。她一直嫌弃它话痨怕脏、贪吃贪睡贪图享乐,她认为只有人类才是万物之灵,才配生活在广袤天地。养父是个猎户,把郊外野林中的动物当作食物。她虽然厌恶养父的暴戾冷酷,但多多少少,也受到了这种思想的影响,觉得动物都是人类的口中餐。

她想要杀蛇取胆,也只是蛇胆有药效,能救七月。直到此时……她十六年的信仰,在小金略带伤心的回忆中第一次有了松动。

她突然意识到,那些关于小金的传说,原来都不是真相!

龙初瑶胡乱地摸了摸小金的脑袋,像是在赌气一般,忍不住嘟囔了一句:"幸亏你当时没学会说人话。"

"你懂什么?你根本没经历过那样的生死绝境,不会知道那么多人在你眼前消失的无力。"

第五章

小金猛地抬起头，暗金色的眼眸冷冰冰地望着龙初瑶。

"我是不懂，但作为一个普通人，如果见到那么大一条蛇说人话，肯定会吓死。"龙初瑶的指尖不轻不重地弹在小金的脑门儿上，面无表情地说。

"会吗？"小金傻乎乎地看着她。

"所以你该庆幸当时不会说人话，否则害死那些人的就不是蠃妖，而是你了。"

"可我说话，你没被吓死啊……"小金一脸困惑。

龙初瑶无语地瞪了它一眼："当年的你是庞然大物，现在的你被银网困住只有筷子大小。你说，我怎么可能怕你？"

"我这么善良，怎么会有人怕我呢？"

"你是人还是我是人？你一条蛇，瞎猜测人类的心思干吗？"龙初瑶又戳了它脑门一下。

小金低着头若有所思。过了一会儿，它翻滚着来到龙初瑶脚边，像是想通了一样，瓮声瓮气地嘟囔了一句："英雄，虽然你长得一般，但为了我竟然敢与神君对抗……你真善良。被你这么安慰以后，我觉得心里没那么难受了。"

长得一般？

龙初瑶没说话，眼底掠过一抹冷光，原本感动的心情全被小金一句话毁了。

"英雄……你怎么了？怎么这么看着我？"小金害羞地甩了甩尾巴。

"今晚炖蛇羹吃！"龙初瑶想也不想地回答。

"咯吱"一声，屋门突然被人推开，一个清冷的声音响起："谁在里面？"

幸亏龙初瑶警觉，在屋门打开的同时，抓住小金，"嗖"地

躲在了柜子后面。透过缝隙,她瞥见了南王夫人金光灿灿的凤凰步摇……

"嗞……"小金刚准备开口说些什么,却被龙初瑶死死地捂住了嘴巴。

"不要出声!"龙初瑶压低声音。

南王夫人的气质雍容典雅,容貌端庄,眉心朱红的梅花妆尽显精致,然而她凤眸上挑,煞气凌人。

龙初瑶抱着小金,心脏"扑通扑通"跳个不停。

南王夫人背对着柜子,不急不躁地开口:"我看见你了,别躲了。"

小金甩甩尾巴,正准备出去,却被龙初瑶紧紧扯住:"你干什么?"

小金睁着天真无邪的暗金色眼眸,很认真地回答她:"英雄,别躲了,她都看见咱们了。"

龙初瑶此时特别想撬开小金的脑袋,看看那里面到底是脑子还是糨糊:"她根本没看见,是吓唬咱们的。"

"可她往这边来了……"小金很固执,不服输地吐着鲜红的芯子,从柜子的缝隙中看着一步步走过来的南王夫人。龙初瑶也被它的话吓住了。她抱紧小金,害怕地把头埋在胸口,拼命祈祷南王夫人别看见自己。

千钧一发之际,不远处响起了南王世子的声音:"母亲,你在这儿干什么呢?"

话音刚落,龙初瑶身边压抑的空气,顿时烟消云散。

南王夫人回过头,看到门口脸色苍白、笑容灿烂的清秀少年,冰冷的脸上终于露出了慈爱的笑容:"我当是谁,原来是你啊!"

"母亲从不让外人来墨雪斋,这屋子里从来只有我一个人啊!"

南王夫人的眼眸里散发出柔软明亮的光泽,她温和地笑了笑:"你这孩子,净会逮我的漏洞。今天不是周夫子过来给你讲茶经吗?这么早就下学了?"

"这还早?都傍晚了。何况周夫子讲的课,听得我头痛。茶经这些东西,也就父亲喜爱,我实在提不起兴趣。"

"你父亲也是,天天抓着你去喝茶,也不体谅你身虚体弱,你哪学得了那么多东西,他还怪我管得太多了……"

提起这件事,南王夫人便是满脸的不痛快。

少年唯恐母亲没完没了地念叨,急忙岔开话题:"母亲平日里从不踏进墨雪斋半步,今日怎么……"

南王夫人温和的目光瞬间化为刀剑,透过柜子冷冷地扎了龙初瑶一下。

"我看天气好,闲来无事,随便走走。"她不动声色地转过身,笑了笑。

"我不信,这屋里肯定藏了什么好玩的东西,您不肯给我看,我自己去找。"少年佯装要进来。

南王夫人先他一步出门,迅速把门关上,眼神中略带责备:"你都多大的人了,好奇心怎么还这么重?里面都是灰尘,怪脏的。"

"母亲进去都没关系……我瞧这屋子采光不错,可以用来做书房。"

"好了,回头我让吴管家把这间屋子打扫干净你再进来。现在听母亲的话,我们一起出去。"南王夫人唯恐少年进去,急忙拉着他往外走,把门落锁。

朱红的门锁"咔"的一声,锁住了外面窥探的目光,也锁住了近在咫尺的危机。

龙初瑶紧紧抱着小金,头脑一片空白,静静地躲在柜子后面。

傍晚的余霞渐渐远去,当最后一抹红光从视线中消失,屋子里顿时冷寂下来,变得又黑又静。在这异常安静的空间里,龙初瑶什么都听不见,只听见自己心脏跳动的声音。

往常这个时辰,城东的富贵人家会点起灿烂的灯火,而她住的花家小巷里,隔壁的婶子们则会点燃一盏油灯,坐在一起聊着家常。每当看到那点儿光影,她的心里就会像是被温暖的灯火填满,连心情也好了起来。

她怕黑,也怕冷。虽然她对亲生父母一点儿印象都没有,但她总觉得亲生父母一定把她抛弃在了黑暗里。又或者自己的前世一直生活在黑暗中。不然,怎么能解释她惧怕黑暗和寒冷呢?

每个又黑又冷的夜里,她都会不由自主地瑟瑟发抖。现在,她又陷入了无边的黑暗……身体渐渐冷了下来,龙初瑶颤抖地抱住自己,想要抵抗这种恐惧。

小金察觉到她渐渐僵硬的身体,它不安地扭了扭身子,隔着捆仙索用尾巴缠住她的手指,轻轻拽了一下:"英雄,你怎么了?"

"南王夫人走了吗?"虽然龙初瑶害怕黑暗,但想到七月还在等着她,只能重新振作起来。

"应该……走了吧。"小金有点儿不太确定。

龙初瑶深吸一口气,拽着捆仙索,拖着小金,飞快地走到门边,伸手开门。

大门"咯吱"一声,露出细小的缝隙。隔着缝隙,龙初瑶谨慎地往外看。

"还有人吗?"小金在捆仙索里,无聊地甩着尾巴。

"没了。"龙初瑶摇摇头,松了口气。

小金异常兴奋,催促道:"那你还傻站着干吗?还不赶紧开门?我们趁着夜色赶紧溜啊!"

在三百年的蛇生中,小金看过许多折子戏。上面一些戏本,像什么"萧何月下追韩信""红拂夜奔""夜逃哭墓"……都是发生在夜晚的!这些戏本紧张刺激,特别好看,它每次看都觉得热血沸腾,所以,它觉得趁着夜色开溜会是一件极其有趣的事儿。

龙初瑶被它催得满头黑线,下意识地推门。

随着"哐当"一声响,让人绝望的事情发生了——屋门一动不动,那条门缝还是那么大。

糟了!刚才南王夫人出去的时候,顺手把门锁住了。

小金兴奋地等了半天,见龙初瑶一副被人点了穴的模样,僵硬地站在原地。

"是不是力气不够?要不要我帮忙?"小金疑惑地问。

"门……打不开。"

"你用点儿力气啊!"小金恨铁不成钢地说。

"门从外面锁住了,南王夫人……恐怕已经发现我们躲在这里了。"想起南王夫人临走之前的目光,龙初瑶心下一沉。

"这个问题很严重吗?"小金一头雾水。

"当然严重!擅闯南王府,没被抓住还好说,倘若被抓住,那只有死路一条。"龙初瑶紧张极了,衣衫被冷汗打湿,像是被人从水里捞出来的一样。

周围再次安静下来。

"你怎么不说话？"小金无法忍受这诡异的平静，忍不住多问了一句。

龙初瑶抬起头，眼里透出一丝无奈："小金，你是蛇，能爬动的，对吧？"

小金骄傲地仰起脑袋："当然了！虽然被这银网捆住无法恢复原形，不过我爬动还是没有问题的！"

龙初瑶狠了狠心："那……我把你从窗口丢出去，你出去以后，顺着来时的路就可以爬出南王府了。"

"你不和我一起出去吗？"小金暗金色的眼眸中满是疑惑。

龙初瑶犹豫了一下，说："我……恐怕出不去了。"

"那我也不要出去了。这屋子除了黑一点儿其实也没什么大不了，我留在这儿还能陪你说几句话，保护你呢。"

龙初瑶怔了一下，原本无助的心，突然因为这条蠢笨的金蛇变得异常柔软。

她才十六岁，没有想象中那么强大。她也会害怕，也想摆脱生活的荆棘，不去想艰辛和绝望。可眼前的环境不允许她柔弱，不允许她放弃。

她曾以为自己会浑身盔甲，永远无畏无惧，会以倔强的态度独自对抗所有的困境。如今，却有一条小蛇温柔地对她说："我陪你做个伴，保护你。"这是她第一次听见这样的话。

龙初瑶的眼眶红了起来，有那么一瞬间，她几乎想同意小金留下来，可理智让她瞬间清醒："不行！"

她的声音坚定，像一块石头似的，狠狠砸在小金的脑袋上。

小金疑惑地问："为什么？你不是怕黑吗？"

龙初瑶又怔了一下。

她怕黑这件事，连七月都没发现，偏偏被一条她处心积虑想要

剥皮挖胆，连朋友都算不上的金蛇发现了。

"南王世子身体虚弱，需要用蛇胆入药治病。你如果留在这儿，一定会被南王夫人发现。她会用你的蛇胆给世子治病！"

小金打了一个冷战，害怕得低下脑袋："……她敢害我！我一口吞了她！"色厉内荏的模样，一点儿说服力都没有！

龙初瑶叹了口气："总之，我先丢你出去，你顺着南王府一直往北走……"

"北方有佳人，绝世而独立。"小金摇头晃脑地吟诵起诗句。

龙初瑶刚才那点儿感动，再次被这条蠢蛇败得干干净净，她嘴角抽搐，一巴掌拍上去："都这个时候了，你念什么诗啊，往北是金苑的方向。"她犹豫了一下，接着说："不过，你经过朱雀大街时，去一个叫保和堂的药铺，帮我盗点儿草药，然后送去花家小巷最里面的那户人家。"

"什么？你想让我偷东西？"

龙初瑶的脸红了起来，声音越来越轻："我妹妹七月身体不太好……"

小金把脑袋摇得和拨浪鼓一样："不行不行！下山之前，狐仙爷爷特意嘱咐我，不让我偷盗。我坦坦荡荡三百年，绝不做偷鸡摸狗的事！"

"我……"

龙初瑶想到七月，心里越发着急，她刚想再说两句，只听"咯吱"一声，屋门被人从外面推开，一道柔和的灯光照了进来。

龙初瑶捂住眼睛，等双眼的刺痛感消失之后，才慢慢抬头。

一瞬间，她听到自己心跳的声音。

月色下，一个文弱的少年提着宫灯看着她。少年墨色的眼眸中透出明亮的光泽，嘴角微微上翘，尽显温柔。"哟……完了，剥蛇

皮的人来了!"

就在龙初瑶心神有些恍惚的时候,方才斩钉截铁,要陪龙初瑶同生死、共进退的小金顿时像被烧到尾巴一般在原地乱窜。龙初瑶还没反应过来,只听"嗖"的一声,那银光闪闪的捆仙索顿时消失得无影无踪。

"我当惹来母亲的人是谁,原来是你啊!"少年抿嘴一笑。

眼前的人正是南王府的世子,李墨。龙初瑶"扑通"一声跪下,眼都不眨地哭诉起来:"世子息怒,我是误打误撞闯到这里的,您放了我吧。"

"是吗?"李墨淡淡一笑。

龙初瑶跪在地上,心中警铃大作。之前在香雪亭外,她承诺去后厨取白芍银耳汤,结果一去不返。难道,李墨对她印象深刻,认出了她?

"里面有些闷,出来吧。"李墨神色平静,虽是四月天,他却畏寒地拉了拉领子,率先离开。

少年的影子被宫灯里的烛光拉得细长。龙初瑶抬起头,看见他肩膀瘦削,腰肢纤细,透着一种说不出的文弱气质。

她犹豫的工夫,少年回眸一笑,眼里闪着点点琉璃似的星光:"你还不出来,是想让母亲来喊你吗?"

"不不……"想起眉目之间充满煞气的南王夫人,龙初瑶急忙跟上他的脚步。

狼与狐狸,谁更危险一目了然。不管是祸是福,她只能走一步算一步。

第五章

这一路深深浅浅，鹅卵石铺成的小路，在月色下闪烁着耀眼的光彩。一旁的明华池里，金色的锦鲤从容地在水波中摆尾，几只仙鹤在皎洁的月光下，优雅地梳理着洁白的羽毛。

少年提着宫灯一路往前，衣袂飘飘，足不染尘。

墨雪斋的夜晚，在水光月影里，美好得像是一个梦。

少年的背影清冷而落寞，文弱中透着与之格格不入的强大，令人心中倏然一紧。有那么一刹那，龙初瑶连呼吸都忘记了。

脑海里的念头像细小的泡沫，从水底此起彼伏地冒出来。李墨脾气好吗？他欺辱下人吗？听说王孙公子有许多古怪癖好，性情凶残，从不把下人的性命当回事，李墨也这样吗？

龙初瑶出神地想着，下一秒，李墨温和的声音在耳边响起："这里美吗？"

"美！比我见过的任何地方都要美！"龙初瑶下意识地回答。

李墨却轻轻笑了笑："可惜……再美也是座坟墓。"

龙初瑶的脸色瞬间沉了下来，完了，李墨想让她死在这里！

"我还不想死……"声音里带着哭腔，求生欲让她下意识地求饶。

李墨站在明华池旁，眼里透着一丝悲伤。听到身后的求饶声，他疑惑地回过头，直接被龙初瑶的模样逗笑："起来吧，没有人要你的命。"

骗谁呢？不想要她的命，怎么会说这里再美也是座坟墓？龙初瑶哆哆嗦嗦地站在他身后："既然您不要我的命，这里怪冷的，我可以走了吗？"

李墨扭过头不再看她，目光又落在广袤无垠的水波天色里："墨雪斋是王府禁地，没有母亲的允许，任何人都不可以进来。锦鲤、仙鹤……都代表着吉祥如意、万事顺遂。母亲怕我早早夭折，

在墨雪斋设下宫殿千万,她怕外人坏了这里的风水,便下了重重禁令,不许人进来,也不许任何人和我说话。"

龙初瑶捂着嘴,目光惊恐。完了完了……李墨打定主意要她死,为了给她一个说法,连南王夫人都搬出来了。是她大意了,竟然不知不觉说了这么多话。

李墨从腰间掏出一个酒囊,刚拧开,醉人的酒香便弥漫四周。

"你不是身体不好吗?怎么还喝酒?"话音刚落,龙初瑶猛然察觉到自己戳到了南王世子的痛处,再说下去,他可能直接对自己动手。

想到这儿,龙初瑶急忙捂住嘴,恨不得把刚才说的话吞回去。

李墨笑了笑,并不介意。

想走,千万个想走。李墨喝酒的时候,龙初瑶就不停地四处张望。她偷偷摸摸地打量着四周,想要找个好机会,神不知鬼不觉地溜走。

可身旁响起的声音,彻底粉碎了她的希望:"别看了,这里能进,不能出。"

"能进,不能出?怎么可能?"龙初瑶奋力地跑了一圈,却发现墨雪斋大得超出想象。

气喘吁吁中,李墨落寞的声音再次落入耳中:"不是我不放你,而是……母亲以斋为坟,不许我离开,我自己都逃不出去,又怎么能帮你?"

龙初瑶的双脚突然顿在原地,清风吹起她的长发,她惊愕地看着李墨,终于察觉到哪里不对。

李墨看似温文尔雅,但气质中除了文弱,更多的是说不出的孤寂和落寞。长久以来的孤寂和落寞好像让他整个人都透出一股浓烈的绝望。龙初瑶倒退两步,惊愕地看着眼前五官清秀、身体纤弱的

南王世子,突然有些害怕。

"太仓死了,明曦死了,沉康死了,书颜也死了……侍奉我的侍童一个个离我而去。白天,我是南王世子,尊荣无限。夜晚,我却只能一个人在这寂静的墨雪斋里做一个活死人。"

龙初瑶头皮发麻,冷汗直冒。

她以为,南王夫人是狼,世子是狐狸,狼嗜血,狐狸犹可商量。直到如今,她才反应过来,孤独的狐狸比嗜血的狼更加可怕。

面对南王夫人的时候,她知道南王夫人要的只是她的命,所以会颤抖。但是面对世子李墨的时候,她却不知道接下来会发生什么。龙初瑶终于知道她惹上了大麻烦。

李墨见她一脸恐惧,淡淡地笑了笑,和颜悦色地问:"你在怕我吗?"

龙初瑶也不知道为什么,明明李墨看起来那么文弱,可她竟然会怕。心脏像被一只大手紧紧抓住,一瞬间,窒息感蔓延全身。舌尖麻了起来,脑袋也木了,理智倏然抽离,龙初瑶浑身发冷,来不及思考,突然抽出腰间从来不离身的青笛,放到唇边吹响。

笛声出现的刹那,草木疯长,一条巨大的藤蔓从他们中间劈开了千沟万壑,翠绿色的藤蔓像是有生命一般,疯狂盘踞在地面。一瞬间,墨雪斋的兰花、翠草、杂树、灌木,都像是得到号令,疯狂生长。

千里之外,纵横遥望。

只见京城的方向,花草齐绽。夜色里,草木疯长带来了浓白如雪的雾气,几乎湮没整个京城。

"京城这是怎么了?"京城之外,百姓错愕。

"南王府这是出妖怪了吗?"京城之内,议论纷纷。

南王夫人从墨雪斋回来之后,心情有些沉闷,正在花园散步,

突然听见丫鬟们压抑不住的议论声。

"快看……那是夫人从皇宫带回来的牡丹吧？"

"花苞又大又艳，全开了……"

"好香，这是兰草的香味，不不……还有桂花，等等，桂花不是十月金秋才开吗？现在才四月啊……"

"那是……"

就在丫鬟们满脸骇然，看着牡丹、兰草疯长的时候，南王夫人喝到一口凉茶："都干什么呢？我说过多少遍，茶水凉了就赶紧换掉，你们都当耳旁风吗？"

一旁的丫鬟怯生生地解释："夫……夫人……您看墨雪斋的方向。"

"放肆！谁许你们偷看墨雪斋了？"南王夫人勃然大怒，正骂着，突然被眼前的一幕惊住：疯长的草木像尚未开化的野蛮森林一般，夹带着浓白的雾气，彻底湮没整个墨雪斋。

南王夫人倒吸一口冷气，差点儿昏厥过去。

她强撑着，声嘶力竭地怒斥："都还愣着干什么？来人啊，随我去墨雪斋！"

自从上次宸华"不告而别"后,司命神君就憋着一肚子气无处发泄。不想下界就直说嘛,还让他白费那么多口舌,真是可恶!为了讨个公道,出了这口恶气,司命神君暗暗发誓,无论用何种方法,一定要让宸华下界寻找守护兽。

他堵在宸华必经的路上,堵了好几天,才看到他的影子。

司命屁颠屁颠地跟在他身后,劝说道:"宸华神君,下界可是有天大好处的。你不是很想念旧主春神吗?我听人说,春神有可能在凡间。"

宸华瞪了他一眼:"你以为我这么好骗?春神在神魔大战中死了。"

"不不不,春神没那么容易死,她只是烟消云散,消散你懂吧?这江川湖泊、名山胜水,都有可能成为她的归宿。"司命极力渲染。

"别给本尊整情怀,不吃这套。"

"那我把收藏的,春神最喜欢的蛇纹坠子送给你好不好?"司命拿出坠子在他眼前晃了晃。

"你别费力气了,无论你用什么方法,本尊就是不想下界!"宸华一甩袖子,扯了片云直奔麻将局。

司命叹了口气,灰溜溜地往回走。正在附近遛弯散心的水神瞥见他垂头丧气的模样,安慰道:"又吃闭门羹了?我跟你讲,春神可是宸华的软肋,只要提到春神,他一准听你的,肯定下界!"

"见鬼的软肋!宸华没心没肺,一点儿都不在乎他的旧主,我把收藏的春神法器都送给他了,他还是不同意。"

望着司命神君离去的背影，水神"啧啧"叹息，直呼宸华薄情寡义，连曾经那么崇拜的春神都不在乎。这天庭最后一份"初心"也算是彻底失去了。

第二天，水神再次见到了司命神君。

"司命神君你今天怎么这么开心啊？有啥喜事？"

司命美滋滋地回答："宸华下界了！任务完成喽！"

水神直接吓了一跳："怎么回事？"

"据说是打麻将打得心烦，所以下界去了。哈哈哈……早知道麻将能摧毁他的意志，我和他费那么多话干吗？感谢天、感谢地，感谢麻将拯救了我！"

水神："……"

笛音袅袅，悠扬婉转。

月色下，龙初瑶手执横笛，轻轻地闭着眼睛站在一根藤蔓上，对着一脸诧异的李墨奏响笛音。皎洁的月光似朦胧的薄纱萦绕着少女白皙的脸庞，衬得她的五官越发温柔。

在她吹响第一个音符时，四周就静了下来，李墨的心像是被人不轻不重地抓了一下。记忆似墨色在水中流淌，随着婉转的笛音像铺展开的水墨图一般，从清澈的流水中跃然而出，栩栩如生。

他的不甘心、他的愤怒、他的绝望……都在这袅袅的笛声中渐渐清晰。

那时，他五岁。

旁人家的世子早就接触到宽广的天地，可他因为自幼体弱多病，母亲不允许他做任何危险的事。那时，姥姥在汝南生了重病，母亲回了老家，父亲便瞒着所有人悄悄带他去秋围。

五岁的李墨娇气、任性，像个女孩儿。他被母亲保护得太好了，哪怕在秋围的猎场，他都以为那些虎豹豺狼是母亲养的金丝雀，会避让他。

他不小心激怒了一头两人高的野猪，十来个侍卫为了保护他，被野猪的獠牙刺穿身体，他躲在角落瑟瑟发抖，听到不远处此起彼伏的惨叫声，眼泪"啪嗒啪嗒"往下落。

直到这时，他才知道自己没什么了不起。他的生命如此脆弱，竟然连头畜生都能轻易伤害他。父亲担忧的呼喊声近在咫尺，可野猪的眼睛发着绿光、虎视眈眈地寻找他。他想向父亲求救，却根本

不敢再次激怒不远处的野猪。

"母亲……母亲……"他像所有的孩子一样,只会害怕地哭着喊母亲。他以为自己必死无疑,没想到在那个时候见到了六合。

六合浑身发着光出现在他面前,温柔地摸着他的头,对他说:"遇见危险,只会哭可不行哦。"

"母亲……母亲……"他听不见任何声音,只是一遍遍地喊着母亲,以为这样母亲便会来到他的身边。

"唉,汝南离这儿山高水远,南王夫人哪怕用最快的速度赶回来,也需要两个月的时间。"

"你……你怎么知道?"他抽抽噎噎地问。

那个浑身散发着光芒的少年笑了笑:"这有什么啊?我还知道你叫李墨,是南王世子呢。"

"你是……我父亲的侍从吗?"

"侍从?可以这么想,不过,我可不是你父亲的侍从,而是你的侍从。"

少年的笑容富有感染力,他似乎觉得自己不那么害怕了:"那你会救我吗?"

他以为少年会救他。可少年只是笑着摸了摸他的头:"我不会救你,能救你的人只有你自己。"

"我……我才五岁……"他撇撇嘴,又想哭。

"不过是头野猪,没那么可怕。你父亲就在不远处,你勇敢点儿,只要大声地呼喊,你父亲就会来救你。"

"我……我不敢……"

"没有谁生来勇敢无畏,可连尝试都不愿意,你又怎能担起藩王的责任,成长为顶天立地的男儿呢?"少年摸着他的头,温和地劝着。

"父亲才是藩王,我只是一个小孩……我怕……"

"别怕,我会在这儿陪着你。"少年的声音很温柔。

他深吸一口气,看着野猪一次次撞击挡在他面前的槐树,当那闪着寒光的尖锐獠牙几乎刺穿自己的时候,他终于大声喊出父亲的名字。

与此同时,野猪撞折了树干,轻而易举地把他抛了起来……

所有人都说他福大命大,有上苍庇佑,化险为夷。可只有他看见在野猪差点儿刺穿他身体的瞬间,一道银白色的光芒掠过,稳稳护住了他。

耳畔,是六合爽朗的笑声:"别怕,我在这儿呢!"

"你是神仙!你一定是神仙!要不然,怎么能从那么凶猛的野猪嘴里把我救出来呢?"回到南王府之后,他在书斋找到了六合,兴奋地嚷嚷。

"我啊,不是神仙。"六合的笑声还是那样爽朗。

"别骗人了,我都看见了。"他人小鬼大地叉着腰,学着母亲的口气,"说吧,我怎样才能让你成为侍从,永远跟着我?"

六合的嘴角突然浮现出一丝古怪的笑容,然后狠狠地揉了揉他的脑袋:"你只要健健康康地长大,成为大贤王朝的藩王,我就会不离不弃,成为你的侍从。"

墨汁浸染的水波突然沸腾起来,李墨的记忆出现混乱,神色异常痛苦:"骗子!全是骗人的!我健康地长大,即将成为大贤王朝的藩王。可你在哪里?我兑现了承诺,寸步不离墨雪斋,努力遵循母亲的教导,好好调养身体,可你在哪里?"

笛音突然断掉,李墨睁开的眼眸漆黑如墨,宛如最深沉的暗夜,看得人胆战心惊。

站在藤蔓上的龙初瑶,不禁心神一颤。

是谁说南王世子体弱多病，风吹即倒？骗人的吧！不然怎么会将她的笛音破掉？

除了养母，谁都不知道她最擅长的不是琴律，而是横笛。小时候，龙初瑶就发现她和别的孩子不太一样，她触碰过的枯木会长出新芽，住的地方往往会草木旺盛，而且无论猛兽蛇虫，从不会伤害她……这些都罢了，最古怪的还是她吹笛子的时候。

笛音响起时，草木疯长也就算了，更麻烦的是近距离听到笛音的人，会昏睡不醒。

养母曾经跟她说事出反常必有妖，她总是不以为然，直到齐村被屠，她为救七月吹响笛子时，才知道一夕之间，草木倏然疯长也是一件妖异的事。

龙初瑶曾想把这个秘密烂在肚子里，再也不要提起，结果被李墨吓到，她本能地吹响笛音。本以为李墨听见笛音会直接昏厥，谁能想到，他只是短暂地失神，之后竟没有其他反应。

她的笛音，只有十恶不赦者不惧，十全十美者不惧。

李墨没办法走出墨雪斋，要想当十全十美的善人是不可能了，那么只有一种可能……他手沾鲜血，不是善茬！

龙初瑶差点儿从藤蔓上掉下来。

她脑子进水了把李墨当好人，把南王府当作自家后花园？她脑子进水了跑到南王府行窃？她早该知道王孙贵族不是那么好相处。

龙初瑶在一本古籍上看到过这样一段话：妄想成仙的凡人会设下风水宝地，以鲜血祭祀神灵，祈求万事顺遂。她从未相信过这段话，觉得不会有人那么过分地罔顾别人的死活。直到如今，她才明白人类的贪欲是无穷的，李墨很可能想用她的鲜血祭祀神灵。

"六合！你告诉我，我遵守承诺健康地长大了！你为什么对我避而不见？"李墨愤怒的吼声不绝于耳。

　　这件事情他应该去问六合啊，为什么追着自己问？龙初瑶特别想哭。她突然后悔自己吹了笛子！吹笛子被人误会成精魅倒还好说，要是把李墨骨血里的戾气激发出来，她肯定没命了。

　　正当龙初瑶胡思乱想之际，不远处突然传来脚步声，南王夫人的声音随之传来。

　　当下，南王夫人也顾不得墨雪斋的禁令，拼命晃着园外的那把黄金锁。开锁的丫鬟战战兢兢，吓得汗涔涔的。

　　结果，越急越出乱子。

　　南王夫人看着疯长的藤蔓，焦急地问："打开了吗？"

　　"禀夫人，钥……钥匙……好像拿错了……"那丫鬟"哇"的一声哭了出来。

　　"废物！"南王夫人一把推开她，拿出一大串金钥匙上前两步，开始哆哆嗦嗦地试着。可一连试了几次，连钥匙孔都没戳进去。她气得再次把钥匙塞在丫鬟的手里，催促道："愣着干什么？赶紧开锁啊！"

　　大概过了半盏茶的工夫，墨雪斋的门终于打开了。

　　南王夫人急忙往里面走，走到一半，却被满地的草木拦住脚步，她急得转身大骂："都傻了不成？来帮我啊！"

　　那些裹足不前的侍从和丫鬟怯生生地看了她一眼，不敢动弹。

　　"快点啊！"直到她面露怒意，又催促了一声，大家才如梦初醒地跑上前，用双手硬生生帮她掰出一条道路。

　　墨雪斋。

　　龙初瑶手中的笛子被打落在地，脖子被李墨单手掐住。她挣扎

着想要捡起笛子，重新吹奏笛音，让草木推开陷入疯狂的李墨。可笛子滚动了几下，迅速隐没在草丛里。

"你说太仓死了，明曦死了，沉康死了，书颜也死了……难道这些人都是你杀的？"

"你说呢？"李墨像变了模样，双目赤红。

龙初瑶悔得肠子都青了，只能拼命地捶打他，想不到拳头捶在他看似文弱的身体上，竟然像捶在石头上一样。

"留在这儿吧，墨雪斋山水如画，我可以给你做个好坟。"

"咳咳……"龙初瑶艰难地咳着，意识渐渐抽离身体，眼前的李墨好似显露出本来面目，表情狰狞得可怕，和刚刚说"起来吧，没有人会要你的命"的，好像不是一个人。

一瞬间，龙初瑶似乎听见自己灵魂破碎的声音。即将昏厥时，不远处传来丫鬟的惊呼声。

"夫人，世子在那儿。"

"救……命……"她强撑着瞥去一眼，曾经视作洪水猛兽的南王夫人，此时在她眼中竟成了救星。

"夫人，前面都是荆棘，咱们过不去啊！"丫鬟绝望地大喊。

"给我劈开！"南王夫人厉声怒喝。

龙初瑶看见李墨微微皱起眉头……

李墨为什么皱眉？南王夫人来了，他不应该高兴吗？而且，众人眼中的李墨分明是柔弱多病的。试问一个柔弱多病的人，又怎么会有这么大的力气想要掐死她？

周围的光影渐渐暗淡下来，思绪一点点抽离身体，龙初瑶心中的诸多疑点，根本来不及问出。脚步声渐近，恍惚中，她被直接丢在地上。

"母亲救我……她是妖怪！我好心救她，她却吹响青笛，要置

我于死地……"耳旁响起李墨惊恐的声音。

身子滚落在草丛里,冷不丁听见这么一句,龙初瑶浑身痛了起来。

杂草湮没了她的脸,李墨好像还说了些什么,可她没听到。南王夫人又说了些什么,她也没听到。意识消失的一瞬间,她只感觉到自己被人拦腰抬起,周围的杂草和荆棘划得她满身伤痕。

救我,谁能救救我?我不能死,七月还等着我……

在一场铺天盖地的迷雾中,她的呼救像是沉入泥土般,最终消失。

"哐当"一声,牢门被人毫不客气地踹开,龙初瑶被粗暴地丢了进去。

"哎哟!这么晚抓了个小贼进来?"值班的狱卒笑嘻嘻地嗑着牙花子,回味着刚才喝的小酒,招呼了一声,"她犯的什么事啊?身上这么多伤?"

似乎看不惯他懒散的态度,牢头皱着眉头瞪了他一眼:"你又喝酒了?"

"喝了一点儿,不打紧。晚上太冷了,只好喝点儿小酒暖和暖和身子。"狱卒解释道。

"行了行了。里面那个好好看着,不要出什么差池。"

"一个小姑娘,也值得你这么谨慎?"狱卒瞥了一眼龙初瑶,不以为然。

"这可是南王府那位送来的……"牢头啐了一口唾沫。

"怎么又是南王府?这慎刑司是给他们开的?三天两头地丢人进来。"一提起南王夫人,狱卒满脸的不痛快。

"这回不一样。我亲眼见她吹响青笛,南王府草木疯长……"牢头心有余悸。

"妖怪!"乍听见草木疯长,那狱卒吓得人都蹦了起来。他再

也不敢小瞧龙初瑶,抱着酒缸子下意识地走远一些。

牢头淡淡地瞥了他一眼,嘱咐道:"现在还没查清楚她和五年前京郊作案的妖怪有没有关系,不过小心为上。你少喝点儿酒,别稀里糊涂成了妖怪的口中餐。"

"嗯。"狱卒再也不敢怠慢,老老实实地坐在地上,一动不动地盯着龙初瑶。

阴暗的牢里只点着一盏油灯,昏黄的灯光照在龙初瑶苍白的脸上,气氛略显凝重。

水泽之畔。

皎洁的月光下,半截身子埋进黄土的少年脸上,一片祥和。

几只好事的小妖听到消息后,躲在一旁围观。它们借着温柔的月光,对不远处的宸华指指点点。

"唉,神君又被埋了。"

"都说吃一堑,长一智。神君怎么总上当?前一阵子不是才被混有香灰的水迷晕吗?"

"那个叫龙初瑶的小姑娘真厉害。别看她个子不高,长得也有些粗笨,对付神君却有一套。你们说,她到底是用什么方法搞定神君的?"

"她虽然厉害,可这种行为叫渎神!我七姥爷前些天不就是围在神君旁边多看了两眼嘛,现在连骨头都找不到了。"

"唉,敬七姥爷一杯酒!"小妖们说到这儿沉默了一会儿,然后整齐划一地从腰间取出酒囊围个圈,心有戚戚地洒酒在地。

小妖们闹腾得厉害,宸华却无知无觉,躺在泥土中沉睡。

这一次,他沉睡的时间远比第一次要长。

鸟雀叽叽喳喳地叫着,露水凝结在他浓密的睫毛上,和爽的清风吹起耳畔散落的碎发……宸华的嘴角浮现出一丝淡淡的笑容,恰到好处的弧度柔化了他过于冰冷无情的五官,让那拒人于千里之外的俊俏容颜,无端地生出几分明媚。

"吓死我了,可算是逃过一劫……我的修仙之行也算是历经磨难了啊!"小金拖着比它身子还大的捆仙索,一圈一圈地笨拙滚动。

正当它想松口气时,冷不丁地撞到在黄土中安睡的宸华。

"这不就是那个想抓我的神君吗?还没苏醒?正好,我再给你加点儿土……"泥土翻飞,眨眼工夫,原本只埋了宸华一半身子的土坑变成了土包,彻底将他牢牢埋死。

"这才对嘛。"小金满意地看着将宸华牢牢埋死的土包,开心地哼着小调继续滚动。边滚还边嚷嚷:"幸亏我逃得快啊……不然一刀下去,命就没了!马上要到家了,努力!"

就在它开心地滚动着,想要回家痛痛快快地睡上一觉的时候,泥土突然有了细微的松动。

宸华痛苦地皱着眉,好似有一股无形的力量在牢牢地捆住他的双手,他想要挣脱却无能为力。恍惚中,有断断续续的声音传入泥土,渗入他的皮肤。

"救我……"

"求求你,救我……"

"我必须活着……"

"我需要回家……"

从遥远阴暗的慎刑司地牢,如触角般蔓延的,是龙初瑶绝望的求助。渐渐地,声音远去,他再次陷入沉睡。

如白雾一般弥漫的梦境里,他看到自己找到了守护兽。那条傻

第六章

乎乎的金蛇格外争气,顺利通过了生辰塔的考验。在诸多神君中,唯独他完成了任务。司命神君哭着对他道歉,说他从始至终都没有劫数,之所以欺骗他,不过是嫉妒他神力非凡。

后来,他在神魔大战中大破魔族,成了天庭赫赫有名的神将,再也没有人说他充满戾气、仙籍不正。他收了龙初瑶做徒弟,在麻将桌上,龙初瑶端茶送水,他一脸骄傲地和神君们说下界后的种种奇遇。

一切所想都如实发生在梦中,可心脏仍像缺了一角,带给他浓浓的失落。

似乎这个梦有什么不对,可哪里不对?他说不上来,直到他再次听见那个虚弱的声音。

"救我……"

"求求你,救我……"

"我必须活着……"

"我需要回家……"

谁在说话?他堂堂宸华神君,是天庭谷神,向来只和五谷为伴,听从"稻、黍、稷、麦、菽"在下界的请求。为什么他会听见一个少女的声音?

疑惑间,站在一旁的少女脆生生地叫他:"师父,您今天不是要去栖霞洞寻访月华神君吗?"

"嗯。"他应了一声,刚想离开,却突然看清少女的模样。

叫他师父的少女正是他的弟子——龙初瑶。

"救我……"少女求救的声音越发清晰,一声声击打着他的心。

"师父,您怎么了?"龙初瑶笑容明亮地看着他,轻声询问。

"你听见什么声音了吗?"他问。

"能有什么声音?徒儿愚钝,听不见其他的声音。"龙初瑶笑语嫣然,温柔地回答。

"唰"的一声,一道亮光劈入脑海,他突然意识到问题所在。

没有神魔大战,也没有抓住金蛇,司命神君更没有向他道歉……不过,最有问题的是眼前的龙初瑶!

她从不温柔,还有一些狡诈。她用一撮香灰迷晕了他,在他不计前嫌的基础上,又故技重施,再次递了杯水放倒了他!就这样一个浑身是刺、满肚子坏水的少女,根本不可能服软做了他的徒弟,更不可能诚心诚意地侍奉在他身侧……

宸华猛地睁开双眼,身上的泥土簌簌落下,眨眼间,他从泥土中一跃而出。

小金正拖着捆仙索艰难滚动,突然,一块块石头从空中落下砸得它眼冒金星。然而最可怕的还在后面——宸华就站在离它不到十丈的地方,目光灼灼地盯着它。

才出龙潭,又入虎穴,它实在太倒霉了!小金耷拉着脑袋,认定自己这次无法逃脱。

"要杀要剐蛇命一条……"它打着哆嗦,视死如归地吼出这番话,可宸华根本不想理它,直接化作一道碧光,朝着京城的方向疾掠而去。

时间一分一秒地过去,小金闭着眼,抖得跟筛子一样。

风吹过,蜗牛爬过,四周安静下来。

"咦?人呢?"它呆呆地睁开眼四处张望。

金苑风景如画,哪儿有什么神君?它慢腾腾地挪动,突然被树上落下的野果砸中脑袋,瞬间清醒过来。

慎刑司内,油灯一晃一晃地散发着昏黄的亮光。桌上的一摞卷

宗堆在角落。狱卒强撑着睡意,看着在地牢里昏迷不醒的龙初瑶,脸色有些沉重。

"上锁吧。"

"头儿……她还是个十六岁的孩子,就这么落锁,会不会太残忍了……"狱卒犹豫道。

"你同情她?你忘记齐村是怎么被屠的吗?"牢头敲了敲他的脑袋。

"判人罪行是需要证据的,就凭南王夫人的片面之词,咱们就认定她是当年屠村的凶手,会不会太武断了?"狱卒犹不死心。

"查了卷宗,你还没看明白吗?五年前的屠村案惨绝人寰,震惊京城。可落于纸上也不过轻飘飘的一句:魔出,草木疯长,屠齐村,无一生还。

"都说官府无能,可普天下能人诸多,能让草木疯长的,却寥寥无几。张三,我知道你的女儿和她年纪相当,可在慎刑司当差,就是脑袋挂在裤腰带上,你不谨慎一些,稍不留神就会身首异处。你如今同情她,万一她醒来以后,大开杀戒,你我一条贱命死不足惜,但京郊百姓,你我的家人呢?"

牢头说得凝重,却字字敲打着他的心,张三低下头,不再说话。

是,他是同情龙初瑶年纪幼小。但……齐村百姓呢?他与慎刑司兄弟们的性命呢?京郊百姓呢?就凭龙初瑶有本事让"草木疯长",他就再无袒护她的理由。

牢头走后,张三沉默良久,从腰间取出手指粗细的锁链,怀着沉重的心情打开牢门:"对不住了,姑娘。"他轻声道歉,狠了狠心,拔出尖刀准备刺穿龙初瑶的琵琶骨,然后将锁链刺进去……一道耀眼的碧光凭空出现,他遮眼的瞬间,有一阵清风从耳旁掠过。睁开眼时,除开一地星星点点的血迹,地牢里空无一人。

张三突然意识到事情的严重性。他惊慌失措地奔出地牢,高声呼唤:"不好了!牢头!犯人逃脱了!"

当夜,慎刑司的守卫纷纷出动,一时间,皇城的戒备越发森严。

而在郊外某座四合院里,月光却很静谧。

月光皎洁,葡萄藤蔓在微风中摇曳。

简陋的屋子里,竹床上连一卷铺盖都没有,龙初瑶眉头微皱地躺在上面,浑身发抖。

原本细腻柔和的脸庞透着没有血色的苍白,嘴唇青紫好似中毒一般。因为身子被荆棘划伤,葛布衣衫上渗出点点血迹,触目惊心。

不知她到底遭遇了什么,竟然成了这副模样。宸华抿着唇,一言不发。

他不说话时,似乎比平时多了几分惊心动魄的美,可眼底的寒意还是让人瑟瑟发抖。

他一定疯了!龙初瑶处心积虑找他麻烦,坏他大事,一而再,再而三地挑衅他。可当他在睡梦中听见她的呼唤时,竟想也不想就现身慎刑司把她救走。

若是普通的人类姑娘也就罢了,可谁知道,他这次竟然从龙初瑶身上察觉到了隐隐约约的魔气。

而且,这魔气还是宸华最讨厌的谢氏魔族的气息。

谢氏魔族是那种头上长角、智慧通天,却偏偏体弱多病的魔族,他们就像是无孔不入的水滴,总喜欢藏住邪恶的面孔混入人类之中,以吸食人类的恶念为生、壮大。

宸华闭紧双眼,轻轻用指尖儿点出一圈洁白的光幕笼住四合院。光幕渐渐下压,静静躺在竹床上的龙初瑶身子一震,瞬间在空气中激荡出一阵阵涟漪,然后,好像有什么东西从她的影子里钻出来。

第六章

宸华借着粼粼的月光顺手捉住一个，被他捉住的几根细如尘埃的雾丝，在一刹那便扭动着消亡。

"大人……救我！"

"我才三百岁，我不想死……"

"神君好可怕，放我出去……"

那些人类察觉不到的雾丝在风中绝望地呼喊，却在触碰光幕的刹那，化为一摊摊粉末。

光幕外，一道挺拔的黑影悄然出现。它犹豫片刻，似乎想切开光幕救出同类，却碍于宸华的神威，不敢动手。

"这就来了吗？"宸华的目光精准无比地落在墙外那道黑影上，嫣粉色的唇瓣勾出一抹冷意。

"神君，这只是些瘴气，求您念在它们修行不易，放它们一条生路。"

门外的求饶声让他的嘴角多了一抹怒意："我的职责之一便是扫除瘴气。你让我放了它们？谢氏一族的魔，你引以为傲的智慧呢？"

也许是这句话触碰到对方的痛处，那道黑影怔了一下，紧接着周身渗出阴寒的气息，骤然化作一团黑雾冲着结界而来。

"四时大人，小心！"光幕内的瘴气骇然失色，尖声提醒。

可那道黑影毫不畏惧，一遍遍冲上光幕，想以一己之力与宸华对抗。

宸华冷冷地看着，一动不动。

弑神的强大妖魔的确存在过。上古时期的神魔大战中，一些魔族的手中沾了神君的鲜血，他们让三界大乱，企图颠倒日月乾坤。然而大战之后，神族式微，魔族同样没落几分好处。

大家井水不犯河水，相安无事上千年。

今日,来的倘若是谢氏魔族嫡系的骨血,宸华不免要提防一二。可墙外的魔,并非纯血魔族。

是不是天庭的神君们久未下界,魔族心中的妄念滋生起来想要再次挑起战争?

宸华一动不动地看着,面色阴沉下来。

"区区小魔,未成气候,也敢在本尊面前作乱?滚!"最后一字劈下,雷声炸裂。

霹雳雷声中,那道黑影似乎撞上什么极为恐怖的力量,如断线风筝般被狠狠弹开。

黑影被弹开的刹那,远在数里之外的世子李墨心口猛然一窒,一个踉跄跌倒在地,眼底露出奇怪的微光:"神君的威力……还真是不容小觑啊……"

"墨儿,你怎么了?没事吧?"南王夫人端着汤药进来,一眼便见到爱子跌落在床边,急忙疾步上前扶住他。

"母亲……我没事,只是想睡觉。"李墨抬起头,露出一个虚弱的笑容。

"好好好,我这就走,让你安心休息……"在南王夫人温柔的安慰声中,李墨一口殷红的鲜血喷在她手上,昏厥过去。

"来人啊!李太医!"在南王夫人绝望的哭声中,南王府人仰马翻。

如果宸华在此,一定能看见一道黑影仓皇地从李墨的身体里抽离出来,悄无声息地融入沉沉暗夜中。

"不愧是神君,竟能斩断我和宿主之间的联系……我果然还是小瞧你了……"

那浓烈得宛如墨汁的影子快如闪电,一眨眼的工夫已逃至数里之外。

花家小巷。

简陋的土坯房里，硬邦邦的床板上躺着一个十三四岁的文弱少女。床边围着几个三十多岁、忧心忡忡的中年妇女。

"多晚了？"

"差不多三更天了吧……"

"龙姑娘也是，说是去找柳大夫来看病，这都去了一整天了，到现在还没回来，不会出什么事了吧？"

"保和堂唯利是图，柳大夫肯定不肯来。"陈婶的声音有些沉重。

"龙姑娘也不容易，家里连个大人都没有，这么多年就这么磕磕绊绊地把七月带大了。有时候也怪心疼她的，年纪轻轻的，又要养家糊口又要给妹妹看病。"

听到关婶的话，大家不约而同地叹了口气。

"关婶子，不知道是不是我眼睛花了，我总觉得七月的脸色没开始那么吓人了。"陈婶凑近看了看七月的脸。

"我看看……"

几个脑袋凑过来，像模像样地端详了半天。

"好像是好点儿了……"

"你们还记得不？以前七月也昏过，后来昏着昏着自己就醒来了……"

七月病情好转，土坯房里压抑的氛围也稍微松快起来，大家的话音也有了几分欢喜。

"快看！醒了醒了！七月醒了！"也不知是谁眼尖，看到七月动了动手指。

大家当即围了上来，欣慰地看着硬板床上，那个脸色苍白的小

女孩渐渐苏醒。

七月刚醒,就听见耳畔传来的欢呼声。

"七月啊……感觉怎么样?"关婶第一个挤过来,关切地问。

"姐……姐姐呢……"七月困惑地眨了眨眼睛,不知道发生了什么。

关婶把七月轻轻地扶起来,爽朗地笑道:"你姐姐去给你买药了,暂时还没回来,你现在感觉怎么样?"

七月的脸上露出明媚的笑容:"我好多了。"

"腿呢?腿还疼不疼?"

"除了腿,有没有哪里不舒服?"

"一天都没吃东西了,饿不饿?"

"这是你关婶做的面,吃一点儿吧。"

七嘴八舌的关切声中,七月温柔地笑了笑:"谢谢婶娘的关心,对不起,七月又让大家担心了。七月不疼了,也不饿,谢谢大家……"

"我就说嘛,小孩子的病都是一会儿的事,龙姑娘就是太紧张了。"

"可不是,年纪轻轻的肯定没啥大病,没事没事了啊,大家也都散了吧,早点儿回去休息。"

在得到七月没事的消息之后,大家松了口气。眨眼的工夫,刚才还热热闹闹的病床旁边,除了一碗还散发着热气的水煮面,便只剩下七月孤零零一个人。

当大门合上,屋里重新恢复寂静时,七月脸上的笑容才渐渐消失,转而变成惊惶的怯意。

她看不见了。

姐姐曾经说过,她们在花家小巷住着,平时麻烦邻居们的时候

第六章

太多了,但凡自己能办到的事情,别给婶娘们找麻烦。说这话时,阳光落在姐姐的睫毛上,更衬得她神采奕奕。她视之为信仰的姐姐告诉她,让她无论在任何时候都不要害怕。伤痛不足以为外人道,可姐姐会一直陪在她身边,保护她的。

"姐姐……"她伸出手,小心翼翼地摸着桌子,神色惊惶又无助。

她看不见,却不敢说。

刚才,婶娘们在时,她不敢声张,害怕大家担心。事实上,在大家说着"小孩子的病都是一会儿的事"的时候,她膝盖上传来一阵阵钻心的疼痛。

那样的痛让她禁不住掐紧胳膊,倘若婶娘们再仔细一点儿,一定会看见她藕白色的胳膊上早就是青一片、紫一片。有新伤,也有旧伤。

婶娘们若能再细心一点儿,也能发现她虽然笑着和她们说着话,原本清澈的眼眸却雾蒙蒙一片,失去焦点。

"姐姐……七月看不见了……七月不害怕。"豆大的泪珠落在碗里,她低声说。

"七月!"

有一股说不出的力量,迫使龙初瑶猛地从梦中苏醒,"唰"的一声从竹床上跳下来。

只听"砰"的一声,宸华被她的脑门狠狠一撞,脸色瞬间黑了下来。

他发誓,自己不存私心,凑到床边只是想看看龙初瑶到底有什么本事,竟然能把他从梦境中扯出来。谁知道龙初瑶天生和他犯冲,竟然直接跳下来,然后她的脑门就狠狠地撞在他的胸口,撞得他倒吸一口冷气。

"你不长眼吗?哪有人醒来直接起身,往床下跳的?"

宸华冷着脸，低声呵斥。龙初瑶却不管不顾地直接往外冲。

"你……"宸华来不及反应，直接挡在她面前。

"让开，我妹妹在喊我回家！"龙初瑶不想和宸华纠缠，直接推开他往外面冲。可紧接着，她发现自己被定在了原地。

宸华面色阴沉地盯着她，冷冷地问："本尊的灵兽呢？"

"我不知道你在说什么！"

"之前在金苑的那条金蟒……你不要和本尊说你不知道。"

"它跑了。"

宸华还想再说些什么，可龙初瑶明显不愿意和他纠缠，突然大喝一声冲了出去。而他设好的结界，也在不知不觉中渐渐消失。

待宸华反应过来的时候，那个刚刚从慎刑司救出来、浑身还沾着血的少女便冲入了暗夜之中，不见踪迹。

龙初瑶性格大大咧咧，小金吃准了龙初瑶心疼它，懒得和它计较。

所以每次犯错，二话不说，先哭得天崩地裂，再谈其他。宸华一心想把小金训练成十二生肖守护兽中最彪悍的灵兽。一不许它哭，二不许它贪吃，三不许它撒娇。简直灭绝"蛇"性。

打从遇见宸华以后，小金的好日子就到头了。

这天，小金贪吃，没留神把龙初瑶养了许久的花果一口吞入腹中，暴哭求原谅，却被宸华撞上了。

宸华看了龙初瑶一眼，不由分说，直接把小金带走。

龙初瑶留都没留住。

小黑屋内，宸华眉目肃杀，面无表情，淡淡吐字："哭啊。"小金害怕地缩成一团，可怜兮兮，抖得和筛子一样："我……我没哭。"

宸华："刚才不是欺负龙初瑶，哭得很大声吗？现在本尊让你哭，哭给本尊看。"

小金再缩数倍，赫然从庞然巨蛇，缩成小豆丁："神君，我给你表演一个胸口碎大石吧。"

宸华："少卖萌，本座不是龙初瑶。"

小金抱着宸华大腿，号啕大哭："神君，我错了，再也不敢欺负阿瑶了！我发誓……"

它哭得天崩地裂，日月无光。连司命神君都听见了，好心的仙女听了纷纷潸然泪下，大骂宸华太冷血。

　　小金有没有受教,从此"不撒娇、不贪吃、不暴哭",大家不知道,但他们知道:龙初瑶是宸华的逆鳞,宸华磊落较真,不许任何人欺负龙初瑶,居然连一条弱小的金蛇都不放过。

　　呜呼哀哉,神性沦落啊!

"咳咳……"风中,轻微的咳嗽响起,谢四时从南王府逃出来后,一路向北。

大贤都城的王侯将相身边,向来有神君镇守。神君的力量圣洁无瑕,能够治愈一切伤痛。谢四时依附在南王世子李墨身上时,感受过这种温暖。哪怕他原本虚弱不堪,在神君的抚慰下,也能得到治愈。

可是,当他撞上宸华神君的结界,断掉和宿主李墨之间的联系后,他便再也不能享受这样的庇护了。

失去人类宿主的掩护,谢氏魔族的身份也随之曝光,曾经能够庇护他的力量成为追缴他性命的风刀。

呵呵,是他大意了。

一直以来,他都以为自己能够借着人间藩王的血脉悄无声息地潜伏在人间,可如今行踪暴露、元气大伤,现在的他根本无法与宸华抗衡,更无法实现重振名声的梦想。

他已经在李墨的身体里潜伏了这么久,而宸华也从未怀疑过李墨,只要按照之前的计划,他就能跟着宸华找到守护兽。到那时,他只要在宸华面前杀掉守护兽,自己的大名就会响彻魔族,在魔族中彻底翻身。

谢氏魔族是低等魔族,他们从骨子里畏惧神君,不敢在神君面前恣意妄为。

可谢四时不一样,他从不是怯弱的魔。虽然大家一直看不起他,认为他不是谢氏嫡亲的血脉,是最卑贱的存在,但他从未气馁。

第七章

　　他计划在宸华面前杀掉那条蠢蛇，只要完成这件高等魔族都无法办到的事，就能证明他有不输给谢氏嫡系的能力。

　　他潜伏许久，却没想到自己会这么冲动，因为宸华的一句话方寸全失，撞上结界，搞得自己现在遍体鳞伤，狼狈逃窜，像丧家之犬一般，躲避着护命神君的追杀。

　　谢氏魔族额上的角分叉越多、颜色越深，说明力量越强大。他见过谢氏魔族嫡系的子孙，他们的额角无论是金光灿灿还是红光闪烁，无一不是坚硬雄壮蕴藏着源源不断的力量。唯独他的额角是银色的，藏在额骨处，只在阳光照耀的时候，才显露出来。

　　而且谢氏魔族嫡系的子孙从来不会背负双翼，他们可以借助风的力量御剑而行。

　　可偏偏他的琵琶骨处长着一对漆黑硕大的羽翼。

　　小时候，他经常因为这双漆黑硕大的翅膀被大家嘲笑，被他们骂作"鸟魔"。

　　一开始，他还极力争辩，会因为嘲笑而自卑难过。后来，他在日渐冷漠的笑声中成长，变得越发孤僻，崇尚力量。

　　他向往弑神的先祖，为了成为先祖那样的魔，他比谢氏魔族的嫡系子孙勤奋百倍，希望以此证明自己的存在并不比任何人卑微。

　　他曾咬着牙挥刀，想要斩断自己身后的翅膀，却从未成功。他曾以为这对耻辱的翅膀将会跟随他一生，成为他永远的累赘。可他没想到，宸华的结界竟生生折断了他的双翼，粉碎了他的额角。

　　这两样带给他耻辱，却万万摆脱不掉的存在，如今都被毁掉了。

　　"呵呵，真可惜。屠戮仙界的梦想，恐怕是永远无法完成了……"

　　嘴角勾起一抹冷笑，谢四时虚弱地瘫在地上……金色的光

点从他的身体里,一点点溃散而出——他积攒了五百年的力量,就这么渐渐地消散。

"谁在那儿?"

意识混沌的时候,谢四时突然听见了笨拙的轳辘滚动的声音。紧接着,被粉碎的角以及受到重创的地方,被一只温软的小手轻轻地抚摸着。像泉水和阳光,带着天生治愈的力量,让他即将溃散的魂魄重新凝聚起来。

这是光明的力量,还是净化的力量?他的瞳孔倏然缩紧,紧接着,那一团漆黑的魔影在悄无声息中变成了人类少年的模样……

他的身体洁白得宛如冰川雪原,细腻得不染尘埃。漆黑的长发宛如海藻,五官精致,好看得像是会发光。

魔族的少年只有在他们极其愉悦、放松的状态下,才会不由自主地变成人类模样。谢四时的人形美得宛如天上神君,漂亮得像宝石一般剔透发光,他却从心底厌恶自己的模样!

太柔弱,也太脆弱。

他皱了皱眉,刚想重新化作一团黑雾,以魔的形态消失,耳畔却传来一个清脆的声音。

"关婵,是你吗?"

他睁开眼,映入眼帘的是一张苍白却十分清丽的小脸,那是个十三四岁的小女孩。女孩扎着简单的丸子头,一双淡紫色的眼眸像是蒙上了一层雾气,没有焦距。

在他的眼里,人类不过是一个脆弱的种族,若非有神君的庇护,这种光有脆弱肉身的人类,他轻而易举便能碾碎。

他厌恶人类，今晚在南王府就是一个人类少女害他失控。如果不是那个擅自闯入墨雪斋的人类少女害他失控，他也不至于被宸华重创。

"该死的人类……"谢四时的嘴角勾起一抹冷笑，即便是伤成这样，他也能轻而易举地杀死一个手无缚鸡之力的人类少女。

他伸出手，指甲尖锐锋利，眼见利甲就要割断女孩的喉咙，手腕突然被她握住，女孩稚嫩的声音随之响起："你不是关婵……你受伤了……"

谢四时的右手僵在空中。

他低下头，看到自己手腕处女孩白皙的手指，愣了神。女孩的手是温暖的，像极了母亲的手。

可在他五百年的生命中，哪怕是母亲也从未用这么温暖的声音对他说过话。他只在南王夫人的身上感受到关怀。然而，她的关怀带着浓烈的控制欲，像一把尺子衡量着他的言行举止，让他厌烦和窒息。

他是谢氏魔族的子孙，生来就继承了谢氏魔族非凡的智慧，拥有看破人心的力量，知善恶，晓因果。所以他非常清楚，倘若自己结下盟约的宿主不是李墨的话，那位容貌艳丽、性情暴躁的夫人绝对不会用关切的目光看着自己。她会毫不留情地绞杀自己。

目空一切的神君，在藩王的土地上，对藩王的后裔毕恭毕敬。他们感受不到他身上魔族的气息，所以竭尽所能地护他平安、无忧。

说什么天网恢恢，疏而不漏？若真是疏而不漏，为什么李墨身边的神君十年来看不破他魔族的身份？

说什么泱泱正气，浩然天道？人神两族，谁不是怀揣着私心呢？魔族只不过把这种私心表露出来，就被断定是邪恶的、丑陋的，受到唾弃吗？

身侧激荡着猎猎劲风,谢四时柔软的刘海下,暗红色的眼眸燃烧着嗜血的冷光。

人类的温暖?根本不存在!

他的手轻轻摸了摸七月秀美的脸颊,尖锐的指甲拂过她的脖颈,渗出一点殷红。

哭喊吧,人类的女孩。

让你的鲜血,灌溉我的墓碑。

谢四时的嘴角勾起一抹嘲讽的笑容,他眯着眼,准备欣赏七月绝望的表情。可是,让他意想不到的事情发生了。

这个人类女孩竟然一点儿都没察觉到身上的伤痕,只是焦虑地抱住了他的胳膊,急得眼泪汪汪:"对不起,我弄伤你了吗?这里有血腥味儿……"

谢四时面色一僵:愚蠢的人类,不是你弄伤我了,而是我把你弄伤了,你难道没有痛觉吗?

他面无表情地压下心底涌现的古怪情绪:"你闻到的血腥味儿是你自己的……不是我的。"

魔族的血无色无味,只有神君才能感觉到。

"咦?是我的血吗?我又受伤了?对不起啊,我太没用了。"七月一怔,突然自责起来。

谢四时冷笑一声,望向她的表情里多了一丝嘲讽。不过……眼前的女孩的眼神没有焦距,莫非……

"你眼睛怎么了?"他冷冷地问。

其实,他也不清楚自己为什么要和一个人类女孩说话,是濒死的缘故吗?因为快死了……所以才会关注一些无关紧要的事情?

"我看不见了……"七月老实回答。

"哦。"

第七章

"对不起。"七月的脸瞬间红到耳根。

"你不必和我道歉,反正和我没有关系。"

"啊,好的……你胳膊上有伤,额头上也有,让我帮你上药好吗?"

"说了不是我的伤,是你的!"他推开七月,语气冰冷。

他的伤口,早就在化作人形的时候消失得七七八八,有的只是内伤,一个视力健全的人类都未必能看到,何况是个眼盲的小女孩。

"对不起……"七月哽咽着道歉,手上却拿着纱布和清水哆哆嗦嗦地靠近,帮他处理着伤口。

真是多管闲事!

"说过不要对我说对不起。你感觉不到痛吗?我说过那是你的伤,你为什么要来管我?"他从未遇见过这样愚蠢的人类女孩。

这个人类女孩应该像南王府的丫鬟们一样,对他毕恭毕敬、战战兢兢。可她……为什么不怕自己?难道现在的他连一个小女孩都威慑不了吗?她又为什么要给他处理伤口?

他承认,她用双手抚摸过的伤口处好像有一股暖流,顺着经脉流淌,让他说不出的舒服。

可她是个人类女孩,根本不配触碰自己。

从小到大,母亲便耳提面命,让他不要和人类接触。那种脆弱、渺小的人族,根本不配与魔族交往。他有他的骄傲,不与人类交往,不接受人类的善意,是他作为魔的底线。

"滚!"谢四时拼尽全力地呵斥,眼里迸发着嗜血的光芒。

"对不起……"七月哭着道歉。

她不是傻瓜,自然能够感受到突然出现在屋子里的少年声音里的浓烈杀意,她知道脖子上的伤出自少年的手,知道存在的危险,可她无法对少年的伤"视而不见"。

　　姐姐曾经千叮咛、万嘱咐，让她不要善心泛滥，使自己陷入危险当中。她怕得瑟瑟发抖，可一想到眼前的少年有可能死掉，想到她生病的时候也是脾气失控，各种绝望，心里便不由自主地涌上一种名为"同病相怜"的情绪。

　　她哭着道歉，哭着颤抖，哭着想要逃离，身体却下意识地靠近，手上的动作也越发温柔下来。她摸索着，用清水一点点帮少年清理额角、后背以及胳膊上的伤痕。

　　凉凉的水滴滴在他的身上，让他眼里的怒火渐渐熄灭。他不可置信地看着女孩手指触碰到的地方，有一道绚烂的白光徐徐绽放。

　　这世间，人类的情感最为神奇。人类会诚心诚意地祈祷，希望亲人康复，而这种温暖的信念会化作最纯粹的良药，治愈世间的万般苦楚。上古时期的神魔大战中，就有许多濒临死亡的魔族、神族，被纯洁善良的人类所救，从而获得新生。

　　这些是魔族的传说。

　　可传说到底是传说，四大魔族捉过人类的孩子，让他们祈愿，可最后……该死的魔族还是死了。

　　谢四时向来冷漠、谨慎，他从来不相信那些光怪陆离的传说。可此时发生在他身上的，就是传说中人类的治愈之术。他能明显感觉到有一股无形的力量直冲额角，让他长出弯角。背后折断的翅膀重新愈合，变得强健有力，黑色的羽毛闪耀着华丽的光芒，美得令人晕眩。

　　七月一边帮少年包扎着，一边害怕地哭着祈祷："求求你，赶紧好起来，好起来吧。"

　　谢四时的心突然被一种奇怪的情绪包裹住。他分明想要推开她，让她滚开，可在女孩的眼泪中，他却像被人扼住了喉咙，一句话也说不出。

许久,他才听见自己瓮声瓮气的声音:"你的眼睛,还有腿……是怎么回事?"

七月睁着紫葡萄似的大眼睛,受宠若惊地愣了一下。少年的情绪好像好了很多,语气也有了温度,她犹豫了一会儿,露出一个大大的笑容:"没什么,就是……走不了,看不见。"

走不了,看不见?这么大的事情,为什么她能用如此云淡风轻的语气说出来?谢四时的心脏倏然一紧,突然对眼前的女孩产生了怜悯。

他收回锋利的指甲,用冰凉的手指摸了摸她的额头,那一瞬间,她经历过的一切,像走马灯般飞快地从他眼前掠过。

"都是你,要不是你闲得没事,捡了这么个累赘回来,闺女怎么可能被毒荆棘划伤?"

"七月不疼,七月不想吃药,姐姐,不要给七月吃药了,好不好……"

这些画面断断续续、支离破碎,画面中的她仰着头,泪眼婆娑地哀求,或者掐着自己的胳膊,咬着唇瓣伪装勇敢。

然而,最让谢四时惊讶的,是一开始的画面。

初春的山谷里,一条暗紫色的荆棘划开了妇人怀中的襁褓。血珠滴落的瞬间,谢四时发现,那根本不是毒荆棘!而是瘴气……

山间的瘴气在温暖的春光下即将消散,它好似濒死一搏,伤害了襁褓中的女娃。瘴气这种东西,只要进入人体,便会复苏。那瘴毒顺着七月的血液蔓延,让她腿疾得不到根治,也让她失明。

然而那些可笑的人类,竟然受到凡间大夫的蛊惑,认为老参、

灵芝便能治好腿疾。殊不知这些名贵的补药，看似压制了瘴毒，实则滋养了它。

身为魔族，谢四时知道如何制造瘴毒，自然也知道如何控制瘴毒，可女孩身上的瘴毒，和她的性命勾连在一起。

贸然将瘴毒取出，一定会让她失去生命。

沉吟半晌，他轻轻地压住她的腿……

七月惊恐起来，浑身颤抖着，声音却异常柔软："七月的腿不疼……没有关系的，七月不怕。"

女孩的反应让谢四时彻底明白，他治不了她。松开手的时候，七月忍痛的表情终于缓解，露出可爱的笑容。

他沉默了一会儿，淡淡地问："你叫七月吗？"

"姐姐说，我是七月出生的，所以母亲叫我七月。"

"我叫谢四时。"

魔族从来不把自己的姓名轻易地告诉别人，但凡告诉，一定是放下了戒备，愿意把自己的软肋交付对方。然而七月根本不明白少年的话意味着什么，只是灿烂地微笑着："七月的名字，是月份。四时……难道你出生在四时？谁能在四时出生？哈哈哈……你可真有意思。"

她笑起来的时候，窗外突然传来**窸窸窣窣**的声音。

"放开我妹妹！"

随着短笛声响起，一道绿光从门外闪进来，谢四时定睛一看，发现那正是一条翠绿色的灵活藤蔓。谢四时认得这藤蔓，也认得吹奏短笛的少女。一瞬间，他背后曾经折断的羽翼和额头曾粉碎的弯角开始剧烈疼痛起来。

体内的热血在不知不觉中沸腾，他猛地张开翅膀，准备和眼前的少女决一死战。

第七章

这时,耳畔传来七月欣喜的声音:"姐姐!你回来了。"

姐姐?她……就是七月记忆碎片里,那个将她捧在手心、护之若珍宝的姐姐?手中的魔气硬生生收回,谢四时一脸错愕地站在原地。

向来无所忌惮,哪怕粉身碎骨也绝不退缩的他第一次有了动摇。

龙初瑶喘着粗气,慌乱的心"怦怦"地跳着。早在相思小院时,她就察觉出妹妹有难,回来后竟然看见一个背负双翼、额上长着银角的魔族少年正对妹妹"不利"。

自从齐村被屠之后,她就再也没见过魔族。想到五年前自己在齐村见到的魔族,龙初瑶就后怕。她清楚地知道,那种浑身萦绕着黑气,看上去和人类颇为相似的生物,根本没有怜悯和良知。它们以屠杀为乐,以鲜血为饮。她亲眼见过它们逗乐人类的孩童,下一秒却让火海降临人间。

她吹响短笛,想要救走幸存的人类,疯狂生长的草木却无法击退残酷嗜血的妖魔,反而让它们更加疯狂。

当年的惨案和现在的画面重叠在一起,龙初瑶焦急地喊道:"七月,到姐姐这边来!"

"咕噜……咕噜……"轮轴发出闷闷的响动,七月虽然纳闷,不知道姐姐为什么那么激动,却依然听话地朝她身边滑去。

紧接着,让龙初瑶彻底崩溃的一幕发生了。

七月喊着她,目光却从未和自己对上一眼。她滚动着扶轮想要过来,身子却和自己擦肩而过。

七月她……看不到了吗?

"该死的家伙!你对我妹妹做了什么?"因为担心七月,龙初瑶的声调拔高,她用笛子指着眼前来路不明的"少年","你到底对七月做了什么?"

"姐姐,我没事啊……"七月扯出一个淡淡的笑容。

"七月,你不要害怕,你告诉姐姐你的眼睛怎么了?是不是那个家伙害了你?姐姐和你说了多少次,不要和陌生人接触,你怎么就是不听!"龙初瑶急得眼眶发红。

"我没事……"七月失落地垂下头。

"别骗我,我都看见了!"龙初瑶擦掉眼角的眼泪,猛地冲到七月前面,以一个防御者的姿态,死死拦住投向她的视线。

五年前的齐村惨案中,那些女孩的脸庞,渐渐和七月的模样重叠。一想到自己若晚来一步,迎接自己的恐怕是七月冰凉的尸身,龙初瑶就害怕得不得了。

"浑蛋,你还我妹妹的眼睛!"龙初瑶守在七月身前,漆黑的眼眸里燃烧着愤怒的火焰。

此刻,她顾不得母亲的嘱咐,也顾不得看见草木疯长后,自己内心的惶恐和不安,更顾不得自己是否会被人鄙视、当成妖孽……她的眼中只有妹妹失明的模样,只有齐村死去的村民……

龙初瑶飞快地抽出笛子,置于唇边。

"呜——"当短促却尖锐的笛声响起的一刹那,一直在屋外冷眼旁观的宸华神君,像是被人狠狠打了一拳。浑身的血液在不知不觉中燃烧起来,随着越发尖锐的笛音渐渐沸腾。

那笛音好像充满魔力,让他有一种置身于神魔之战中的错觉。

宸华怔在原地,耳畔好像响起了"咚咚"鼓韵,鼓声震天撼地、排山倒海,与龙初瑶唇边短促、尖锐的短笛,共同奏出神魔之战中的绝响。

心绪激荡难平,然而,让他惊骇的画面再次出现。当龙初瑶吹响笛音时,周围所有的草木招摇着,像是得到某种不可言说的号令一样,飞快地抽离出千万条枝叶,疯狂地向谢四时袭来。

七月面色大变,悲声制止:"姐姐!不要!母亲说过,你不能

第七章

吹响短笛……"

龙初瑶陷入痛苦之中,根本听不到妹妹的呼声。

草木抽离的万千枝条从她身边掠过,带起的劲风吹得她衣袂猎猎。龙初瑶紧紧地握着青笛,雪白的手指在笛孔上跳动,眼底是浓浓的恨意。

七月失明,她的心中有说不出的愤懑和绝望,那绝望的力量化作草木,化作刀刃,裹挟着不可思议的威力,向谢四时疾驰而去。

"难道这是……春神的力量?"谢四时怔在原地,错愕地看着眼前出现的一幕。

在龙初瑶奏响笛音的瞬间,他立马察觉到一丝不同。龙初瑶此时召唤出的草木和在南王府召唤的草木截然不同,这暴烈的气息竟然远远胜过宸华神君的光幕结界。

黑色的翅膀张开,谢四时像一只大鸟,猛地冲入夜幕之中。

"别跑——"龙初瑶止住笛音,将青笛别在腰间,下意识地追去。

"够了,他不会再来了。"宸华突然出现在她眼前,抱住她即将冲入夜幕的身子。

"七月……七月的眼睛看不见了!"在宸华抱住她的一瞬间,龙初瑶的怒火像被一场漫天匝地的海水淹没,身体里所有的力量被骤然抽离。

她踉跄两步,无力地瘫在宸华的怀中。

从小到大,哪怕经历再大的挫折,她都会告诉自己不要哭。可看见七月失明,压在她肩上的担子突然重得让她承受不住,直接崩溃。

突如其来的无助化作滂沱的眼泪倾泻而出,是她没护好七月,没有时时刻刻守在她身边,让冷血的魔君有了可乘之机。也是她把七月"保护"得太好,不让她接触外面的世界,使她不知道人世间的恶意。

龙初瑶不敢回头,不敢看到七月灿烂的笑脸。大颗大颗的眼泪,浸湿了宸华胸前的衣裳,排山倒海而来的难过让她根本无力支撑自己的身体。

宸华本想推开龙初瑶,质问她为什么几次三番地迷晕自己,害自己完不成天庭的任务。可是,当他触碰到怀中少女的眼泪,坚硬的心突然软了下来。

"你妹妹的眼睛是瘴气所致,虽然魔族擅长制造瘴气,不过……她之所以失明,确实与刚才的魔无关。"

与此同时,七月小心翼翼的声音,在她身后响起:"姐姐……你为什么不看看七月?是七月惹姐姐生气了吗?七月有努力吃药,可七月也不知道为什么……醒来以后就看不见了,对不起,七月太没用了……"

七月的声音像是一道光,把陷入泥泞的龙初瑶拽了出来。

"七月。"龙初瑶回过头,轻轻地捧住妹妹的脸。

看到妹妹依旧微笑着,龙初瑶的心中既难过又自责,眼眶再次发红。

"总是让姐姐为我担心,都怪七月不争气……"七月往她身边凑了凑,撒娇地蹭着她的手。

"不关你的事。"

"姐姐别哭……"

龙初瑶胡乱擦干眼泪,露出一个比哭还难看的笑容:"我才不会哭呢。"

"是这样吗?都怪七月,看不清楚,姐姐别生气啊!"

七月不停地道歉,龙初瑶紧紧地抱着她,心里像是被针尖狠狠地扎了一下。

许久,她摸了摸七月柔软的发丝,轻声道:"七月,你放心,

姐姐一定不惜一切代价治好你的腿,还有你的眼睛!"

给七月铺好床铺,待她睡着之后,龙初瑶才从屋中离开。

刚才,她冲动地吹响青笛,现在满院子都是残破的草蔓和歪歪扭扭的树枝。它们无精打采地蔫在地上,好像在回味曾经的辉煌。

龙初瑶呆呆地看着这一切,怅然若失。

刚刚承诺要治好七月腿疾和眼睛的时候,她信誓旦旦。可七月睡着以后,她蹲在门口看着天上偌大的月盘,突然感到无边无际的空虚和挫败。虽然知道七月的腿疾和眼睛都是瘴气所致,她却不知道要如何消除这些瘴气。

"怎么办呢?怎么治呢?"

就在龙初瑶唉声叹气,满脸无助时,不远处传来宸华淡淡的嘲讽声。

"刚刚是谁把胸脯拍得啪啪作响?本尊还真以为你有办法呢!原来是吹牛啊……"

龙初瑶这十几年来最讨厌的无非是精魅、妖魔。它们都是冷血无情、残忍嗜血的异类,更何况魔族屠了齐村,害死养母,还差点儿害死七月!

可如今,她看见宸华,眼前却猛地一亮。

龙初瑶跑到他面前,激动地扯住他的衣角,讨好道:"你一定有办法吧?刚才你说七月的眼疾是瘴气所致,你既然能看出原因,一定知道如何消除瘴气,求求你,帮帮七月……"

"本尊知道或者不知道,都与你无关。"他冷漠地甩开龙初瑶的手,一脸拒人于千里之外的神色。

他不是善心大发的好心人,龙初瑶几次三番地迷晕他,他秉着神君的慈悲,不与她计较已经是他天大的开恩。她竟然得寸进尺,想让自己帮忙?

哼!想都别想!

宸华转身要走,龙初瑶却"扑通"一声跪在地上。

她低着头,长发垂落在脸颊两侧,遮住了脸上晦暗不明的神色。她的声音很轻,却透着说不出的坚定:"我承认之前对你诸多不敬,可我发誓……以后再也不会了!只要你肯救我妹妹,我愿意当牛做马……"

屋内的油灯发出微弱的光芒,站在床边的宸华面色阴沉,突然后悔起来。

连他自己都想不通,龙初瑶跪就跪了,为什么他要心软答应她?接下这么个烂摊子,他是嫌自己差事不够多吗?

"名字?"他板着脸,冷冷地看着躺在床上沉睡的女孩。

"七月,我妹妹叫七月。"龙初瑶无视他冷冰冰的态度,恭恭敬敬地回答。

"姓龙?"

"对,龙七月。"虽然不明白他为什么明知故问,不过保和堂的柳大夫都不肯给七月治病,现在宸华就是她最后的希望。

"生辰八字呢?"宸华接着问道。

"治病还要生辰吗?"犹豫了一会儿,龙初瑶还是开口询问。

宸华从鼻子里冷哼一声,不屑地瞪了她一眼。龙初瑶唯恐他甩手离开,急忙压住心里其他的疑问,恭恭敬敬地低头递过一张字条:"这是七月的生辰……具体的,我也不知道,养母没有告诉过我。"

"呵呵。"宸华看了一眼,冷笑出声。

他何等精明,怎么会看不出龙初瑶藏着的心思?凡间妖魔向来喜欢收集人类的生辰八字,从而夺取他们的灵魂。所以生辰和名字一样,都是极其私密的。

龙初瑶想求他替七月治病,又怕他居心不良害了七月,于是只肯给部分的生辰。

像她这样精明的角色,宸华在天庭见过很多。

他懒得点破她的那点儿小心思,掐了个字诀,只想速速了事。可他万万没想到,当拿到字条的刹那,七月的生辰纸上就绽放出绚烂的光芒——三生石骤然出现,冷不丁将宸华的窥探狠狠弹开。

普天之下,只有与神族休戚相关的生辰八字,才会被天界的三生石保护。可龙七月肉体凡胎,魂火虚弱,怎么会……

他紧闭双眼,急忙掐出数十个莲花印,好不容易才与三生石达成和解。

"七月这病,还能治吗?"见宸华紧皱眉头,龙初瑶有些担心。

"你别不说话啊……你不是说过,七月的病是因瘴气而生,只要除掉瘴气,她就能好起来吗?"宸华迟迟没有说话,龙初瑶的语气里有些急躁。

"你该不会也和保和堂的柳大夫一样,说七月的病太怪,没办法治吧?"她猛地拽了拽宸华的衣袖,担忧道。

他堂堂宸华神君,怎么能和人间的大夫一样?宸华眼底火光乍起,很是可怕:"胡说八道!本尊岂是凡间赤脚大夫所能比拟?"

"我就知道你一定有办法!"龙初瑶松了口气,笑了起来。

宸华心中一紧,他特别想说"别怕,本尊在,一切无忧"。可沉默半晌,却只是叹息一声,道:"龙初瑶,你妹妹的病,神仙也没辙,她只剩三个月的时间。瘴气会从她的腿部蔓延到全身……先

是失明,接着是失聪,五感全消。待陷入无边黑暗的时候,她的命数也就尽了。"

"你不是说自己和人间的赤脚大夫不一样吗?你不是说你有办法吗?你不会在骗我吧?这个玩笑一点儿都不好笑。从前我对你不敬,我道歉,我道歉还不行吗?"龙初瑶眼眶发红,小心谨慎地讨好着。

她苦笑地挥着手,像是想把宸华刚才说的话,全当烟雾扇走一样。

"不是本尊不愿救她。只是……她命数已定。"宸华斟酌着回答。

"说什么命数!我不信!"龙初瑶捂住耳朵,自欺欺人地不愿相信。

"人间种种皆有因果,即便是神仙也不能随意干涉人类的命运,否则会受万蚁噬心之苦。龙初瑶,你醒醒吧!"

"你无能,你直说便是!我妹妹七月大富大贵,长命百岁,才不是短命的人!"她叉着腰仰头大笑,好像用这样滑稽可笑的方式,就能拒绝宸华对七月命运的断言。可她笑着笑着,就痛得流出了眼泪。

"龙初瑶……"宸华伸出手,想要轻轻地摸摸她的头,却被她倔强地避过了。

龙初瑶抬起头,眼中还闪着一片光,却发狠地擦了擦眼泪。她努力地咧嘴,想要扯出一个笑容,却怎么也笑不出来。

"对不住,我现在心情好乱……你别管我,离我远一点儿,也离七月远一点儿!"

"你……"

"别过来,就站在那儿。"

宸华还想再说些什么,可犹豫许久,还是缓缓垂下伸到一半的手。

龙初瑶自欺欺人地大笑着往外走:"哈哈哈……好好笑!有人

居然说七月短命……"

  宸华默默地站在原地,看着龙初瑶离去的背影叹了口气。

  他虽然是神君,可神君也不是万能的。

  七月的病,他是能治。但治好之后呢?他犯下天条,从此便会日夜受到万蚁噬心的痛苦。

  万事万物自有其发展的命数,他不能干预。可龙初瑶的眼泪,在她转身的刹那,好似化作一颗流星,闪动着晶莹的光,坠入他的心里。

  "又不是本尊害她短命,你与本尊置什么气啊?"宸华无奈地嘟囔。

  他下界只为寻找守护兽,龙初瑶流泪,自己紧张什么?如果找不到守护兽,他自身难保,哪儿还有空管别人的闲事?

  在心里狠狠念了两遍"清心咒",宸华面无表情,直接朝相反的方向扬长而去。

萌萌小剧场

且说那日,龙初瑶在井水中撒了一捧香灰,念了段咒,把宸华直接迷晕。这件事就成了宸华不可触碰的逆鳞。可有些作恶多端且不长眼的小妖还偏偏喜欢往枪口上撞。

小妖:"神君,那丫头居然敢渎神,小妖帮您在她喝水的井里下了剧毒!"

宸华:"要你多事?身为妖族,不思正道,反而谋害人类,想来不是什么好东西……"

小妖,卒。

享年一百岁。

前车之鉴历历在目,偏有土神看不清局势,总想来拍一记马屁。

土神:"神君,那丫头叫龙初瑶,今年十六岁,京城人士,家中有一妹妹,平常以替考为生……"

宸华:"身为土神,不精于如何造福百姓,从不过问境内匪盗横行,闲事倒没少管。要你何用?"

土神,丢官。

在任十年。

1

翌日,朝阳初升,走街串巷的商贩们一家家兜售着糖葫芦、针头线脑等小物件。

"龙姑娘啊,七月怎么样了?昨天她昏睡了大半天,晚上我看她醒了,给她下了一碗白面,吃了吗?"

"还是你过于担心了,我们家皮蛋小时候也总是生病,我就不咋管他,现在他照样生龙活虎地满巷子乱窜。"

"不过,龙姑娘,你欠的债什么时候还啊?"

龙初瑶一出门,街里街坊的问候声不绝于耳。

"再容我几天——"她眨着水汪汪的眼睛,口中叼着从自家门前老槐树上撸下来的槐花串子,机灵地游走在人群中。

"昨天这么说,前天这么说,大前天也这么说!你这姑娘,不会是想赖我那几文钱吧!"关婶满脸不乐意,"七月既然没事了,就赶紧把我那几文钱还上吧。"

"行了行了,别催你那陈芝麻烂谷子的几文钱了,你瞅瞅这槐花开得怎么这么大、这么香……还有这地缝里的草,长了这么大一片,关婶……有空来除除草啊……"陈婶及时止住她的话。

街里街坊的问候声越来越远,也越来越模糊,走出小巷时,这些声音彻底被龙初瑶抛到脑后。穿过小巷,迎面而来的是清新的空气和鼎沸的人声,昨日的种种,也随之烟消云散。

在神族以及魔族的眼中,人类是弱小的,但实际上,他们是强大的。无论经历多少挫折,心智坚韧者,总会披荆斩棘,生生闯出一片康庄大道。蓦然回首时,他们才会发现,再大的风浪也不过是

助人类直上青云的一股推力。

京城的城门戒备向来森严,如今好像多了一些紧张感。数十个面色阴沉的城门守卫身负盔甲,一脸冷酷地盯着过往的行人,一个个打量。

"哥,慎刑司的那帮大人都怎么想的?妖怪出城,什么办法用不到啊,咱们堵在城门口一个个地查,哪能将妖怪查出来?谁知道妖怪长什么样?"

"长什么样?就这个样。"为首的守卫从怀里掏出几张小像,分发给其余的守卫,"寻了这几天都没寻到,上面早就让画师连夜赶工,根据南王夫人、丫鬟以及狱卒们的记忆画出了龙初瑶的小像……"

驻守城门的守卫们不紧不慢地比照着画像,后面长蛇似的队伍浩浩荡荡,急着出城的人满头大汗地议论。

"怎么回事?城门怎么锁着呢?"

"昨晚慎刑司逃出个大妖怪,听说和五年前齐村的命案有关。衙里的大人们怕放走了妖怪,特意在城门口设下关卡。"

"能查出来吗?"

"谁知道呢?慎刑司那些老家伙,没事净整些幺蛾子。齐村命案那么多年都没破,我就不信现在就有线索了。我这还急着出城呢。"

人群里,龙初瑶嚼着鲜甜的槐花,对周围的一切充耳不闻。她面色坚定,暗暗下了决心。

她要做一件大事!一件曾有机会做成,却因为自己心软让机会溜掉的大事——绞杀金苑蛇神。这件事,想必南王夫人也想了很久,也派侍卫们尝试过很多次,却无一次成功。

之前,她曾把主意打到小金的头上,可最终,却鬼使神差地心软,把它放掉了。

现在,她悔得肠子都青了。

龙初瑶一遍遍地告诉自己:想想七月,那倒霉精魅都说了,瘴气缠身,七月的性命只有三个月。都这个时候了,你怎么能心软?蛇重要,还是七月重要?

对!那条小金蟒从没做过坏事,的确善良、无辜,还颇有灵性、特别可怜。可七月呢?不杀掉小金,七月死了谁负责?百年之后,你有什么脸面去见养母?别忘了,要没有养母,你现在还指不定在哪里做孤魂野鬼呢!

心里的声音越发坚定,龙初瑶面色阴沉,浑身散发着生人勿近的气息,让排队的人吓了一跳。他们偷偷打量着龙初瑶,围在一旁窃窃私语。

"哎哟,这小姑娘脸色好吓人啊!"

"眼神也太凶了吧。"

"离远点儿,离远点儿。"

龙初瑶嚼着槐花,对周围的声音充耳不闻。

奇怪,今天的城门怎么这么久还没开?她都等了两个时辰了,城门再不开,万一小金跑远了怎么办?龙初瑶等得有些着急,瞅了瞅前面慢吞吞挪动的人群,决定换个方向出城。

当天出城的许多百姓都看见一个身穿葛衣的小姑娘怒气腾腾地来,又黑着小脸怒气腾腾地离开。不知情的,还以为谁欠了她五百两银子没还呢。

得亏她走得早,如果她走得再晚一点儿,城门守卫们钦点出城人数时必然会失声惊呼!

因为小像中的姑娘,五官清秀,恰好是龙初瑶的模样。

江水滔滔,水草如烟。

小金把自己滚成了一个圆,以不可思议的方式,气喘吁吁地拖着捆仙索僵立在江边。

捆仙索太重了,要换一条蛇,绝对被缠得动弹不得。也只有它能这么厉害地拖着捆仙索翻滚,从南王府翻滚到金苑。小金有些得意,惬意地抬起头,望着奔腾的江水和岸边摇曳的树枝出神。

也许是江风阵阵,提神又醒脑,又或许是白浪奔涌,看得它心绪激荡,感慨良多。总之,它想到了龙初瑶,想到她奋不顾身替自己谋后路的决绝,想到自己一害怕,疾奔逃走的绝命逃亡。

它突然有点儿脸红,破天荒地觉得自己太过丢人,可它胆小也不是一天两天的事了……

"日暮酒醒人已远,满天风雨下西楼……"它叹了一口气,仰起头,对着奔腾的江水吟诗。

这是非著名诗人许浑的诗,小金觉得此时此刻唯有这句诗能够形容它的心情。那种惆怅中略带一丝愧疚,愧疚里还有一些惋惜,惋惜中还夹杂着几许无奈……总之很复杂、很复杂的心情。

从排队的人群中离开之后,龙初瑶绕着城门走了一圈,最后找了个偏僻的小洞直接爬出了城。

出了城,她直奔金苑。

在金苑逛了一圈,龙初瑶都没瞅见小金的身影,她也不着急,直接蹲在小金经常出现的江边。果然,只等了半个时辰,就看到小金拖着捆仙索来到了江边。

　　龙初瑶走到小金附近时，它正站在一大块雪白的岩石上，任由江风吹动着捆仙索，自己则隔江眺望着远方。

　　龙初瑶的嘴角禁不住抽搐了一下。

　　这条蠢蛇难道不知道自己这么大大咧咧地立在岩石上面，很突出，容易被抓吗？

　　龙初瑶心里骂着它，紧接着反应过来。不对！她的目标是杀掉小金，取来蛇胆给七月治病。它傻乎乎地立在岩石上，不是更方便自己动手吗？

　　在心里提醒着自己，龙初瑶不再多想。她从腰间抽出绳网，准备连着捆仙索一起拴住小金。

　　十步、九步、八步、七步……她屏住呼吸慢慢向小金靠近，眼见绳网即将捆住小金，"唰"的一声，一道碧光闪过。龙初瑶还没反应过来，近在咫尺的小金便凭空消失。

　　不远处，站在岩石上的少年面无表情地看着她："龙姑娘，真是好巧，跟着你果然能抓住这条蛇，多谢了。"

　　这些相似的场景和对话像一股邪火，在龙初瑶的胸腔中燃烧着。她脸色发黑，狠狠地盯着眼前的少年，白皙的手指几乎将手中的绳网捏碎："我到底哪里招惹你了？怎么我走到哪儿你就跟到哪儿？道不同不相为谋，你救不了七月，为什么还要千方百计找我麻烦？"

　　冤家路窄，狭路相逢，眼前的人不是宸华，又会是谁？

　　捆仙索里的小金怎么也不会想到自己会被宸华连抓两次，它要知道会在江边遇上宸华，肯定不会从南王府逃跑！横竖都是死，它死在南王府就不用这么折腾了。

　　"咝……"小金瞥见龙初瑶，泪眼汪汪地望着她求救。

"把小金还给我！"龙初瑶顾不得前面的万丈江水，纵身一扑，动作利落地把小金从宸华手里夺了回来。她速度快如闪电，待宸华反应过来时，她和小金早已落入江水中。

宸华瞠目结舌，大喝一声："为了追一条蛇，你命都不要了吗？"

小金也被突如其来的一幕吓呆，它扑腾着身子，震耳欲聋地尖叫着，震得龙初瑶的耳膜都快破了。龙初瑶皱着眉，捂住它的嘴，纳闷这么一条小蛇怎么会有那么大的肺活量。别的蛇都是哑着声音"咝咝"地叫，可是小金的声音撼天动地，让她崩溃。

"救命救命……我怕水！你快放了我……我才三百岁，还年轻，不想死得这么早……"小金害怕得缩成一团。

龙初瑶心一软，只觉手中捆仙索一松，然后眼睁睁地看着它没入江水，眨眼的工夫，便在浪里一个沉浮，消失得无影无踪。

她下意识地去追，却直接被宸华抓着衣领拎了上来。

"你想做什么？"宸华冷着脸，一脸疑惑地盯着她。

"小金它跑掉了……"龙初瑶挣扎着脱身，直接跳入江中。

宸华脸色发黑，面无表情地又把她从江水中捞了出来："小金是条金蟒，它水性极佳，虽然喊着怕水，实际上能在水里纵游三千里。你以为自己能追上它吗？"

小金入水后的确快如闪电，她确实追不上。可……抓不到小金，就没办法以蛇胆入药，龙初瑶急得胸口发闷，接连追问："那我现在该怎么办？七月的病怎么办？"

"怎么办？你还好意思问我？"

她不问也算了，她一问，宸华就气不打一处来："本尊凭自己本事捉到了守护兽，可你一而再，再而三地搅我好事。你问我怎么办，我倒想问你存着什么居心。"

这话说得没脸没皮，龙初瑶差点儿没把口水吐他脸上：凭自己本事？你的本事就是跟着我，把我当成罗盘指向！

她的脸色沉了下来，胸腔里燃烧着愤怒的火焰，说出来的话却谦逊极了："是我错怪你了。你既然嫌弃我，不如咱们就此别过，两不相扰？"

"等等！"龙初瑶刚想走，宸华却直接拦在她面前。

"你还有事吗？"龙初瑶笑得格外谄媚，心里却在不住地咒骂着：投机取巧的精魅，真不要脸！我真是倒了八辈子的霉，才会撞上你。你赶紧把话说完，咱们从此不再见面，老死别往来了！

她心里火山在喷发，脸上却毕恭毕敬。她的神色，在极大程度上讨好了宸华。

宸华本就一头雾水，没有思路，如今看龙初瑶笑容明媚，态度温顺，当即露出个满意的笑容："本尊发现你与金蛇有缘，不如同行吧？你也能帮本尊找到这条金蛇。"

他的话似一道闪电劈下，龙初瑶黑着脸，整个人都炸了："凭什么？我凭什么帮你找蛇？"

"你若能帮我找到它，本尊考虑带你去灵山寻药。"宸华淡淡地回答。

"灵山？"龙初瑶怔了一下。

"龙瞿草，食之不老，嗅之回生。只要去灵山求取龙瞿草，你妹妹身上的瘴气，自然就能消除了。"

宸华说得轻描淡写，龙初瑶迈开的脚步却倏然停下。

她犹豫了一会儿还是答应了宸华，有头绪总比一点儿线索都没有要好得多。

不远处，一个妖魔看着满脸笑容的龙初瑶，嘴角勾出一抹冷笑。

3

金苑以北,便是迷幻林。

天青欲雨,空气中满是泥土的香气。在和煦的微风下,一高一矮两个人影穿行在高耸入云的树林间。柔和的日光从树与树的缝隙间洒落下来,衬得龙初瑶的脸庞越发明亮。

她叽叽喳喳地问着宸华:"你之前说,知道灵山的入口,知道龙瞿草在哪儿,是真的吗?"

"你见过龙瞿草吗?龙瞿草长什么样啊?"

"这味草药真的如传说一般,包治百病?吃了长生不老,闻一下就能起死回生,有这么神奇的功效?你从前用过吗?"

一路上,龙初瑶兴致勃勃地和他说话,宸华却懒得回应。刚入迷幻林的时候,面对龙初瑶接二连三的问题,他只回了一句:"龙瞿草在灵山,有守药的灵童把守。"

后来,他的脸色便越来越沉,无论龙初瑶问什么问题,他都闭口不言。

"你不说话,一副神色凝重的样子,该不会是害怕这林子里有什么可怕的妖魔吧?"

"对了,我听说这个迷幻林有个传说,好像是大贤当年与敌国交战,节节败退,他们将敌军引入迷幻林,敌军的痛苦被千倍放大,这才撤退……"

"你不会有什么头疼脑热吧?一点儿痛苦,都会被无限放大哦……"

宸华阴沉着脸,瞪了她一眼:"本尊好得很。"

"那你为什么总不理我?"龙初瑶撇了撇嘴。

宸华一点儿都不想回答这些没营养的问题:"这林子,是你带

本尊来的。你说金蛇会在这儿出现,咱们找了这么久,连金蛇的影子都没有看到。"

"你也太着急了吧,咱们这才走了多久啊?"龙初瑶嗔怪地回瞪他,突然发出一声惊呼,"咦?那边好像有一抹金光,看着有点儿像小金耶……"

话音未落,宸华宛如离弦的利箭一般,碧影一闪,直接朝那抹金光疾奔而去。

龙初瑶踮着脚尖,望着他离开的背影,低声嘀咕:"我……只是说说而已啊……你怎么当真了呢?"

周围草木摇曳,无人应答。

过了很久,龙初瑶长叹一口气。她再次踮起脚尖,不停地眺望远方,直到再也看不到宸华的影子,才抬起头,满脸的不屑:"真蠢!我当然知道龙瞿草,食之不老,嗅之回生。不过,龙瞿草知祸福、晓人性,福缘易取,药缘难觅。你不知道的,我也知道。"

她拿着木棍,轻松地拨开荆棘往林外走,口中兀自念叨着:"也不看看我是干什么的,坑蒙拐骗的本事,你还差得远呢。居然想用一味求不到的药来换小金的下落!你当我傻吗?"

龙初瑶嘟嘟囔囔地走出迷幻林,而在她身后看不见的地方,有一团漆黑的瘴气突然出现,然后化作一个青年男子的模样。

男子披着黑色的斗篷,帽檐下的双目狭长,眼里闪着狡黠的光芒,棱角分明的脸庞苍白无比。

"真是可怕,她的话骗了神君,差点儿也骗了本座。"淡淡说完这句话后,那颀长挺拔的青年男子又化作一团浓烈的瘴气,消失在迷幻林里。

话说小金借着江流逃走以后,思前想后,总觉得把龙初瑶丢

第八章

下,让她一个人和宸华对峙,有点儿不厚道。可让它回去,用自己的性命来换龙初瑶,它也是万万不肯的。

心里惆怅起来,它突然萌生了吟诗的念头:"饮散离亭西去,浮生长恨飘蓬。回头烟柳渐重重。淡云孤雁远……"

它正一脸忧愁地感怀着,脑袋突然被人狠狠砸了一下,头晕眼花中,龙初瑶怒气腾腾的脸庞映入眼帘。小金晃了晃脑袋,确定自己没有看错。

可她怎么会出现在这里?

"英雄,你可真是厉害,竟然从宸华手中逃出来了啊!"它讪笑地打着招呼,很想表达几句自己对龙初瑶的担心之情,却敌不过眼前金星直冒。

"英雄,你刚才用什么砸我的?"它郁闷地问。

"木棍。"龙初瑶晃了晃手中的棍子,理所当然地回答。

"哎哟,英雄,你打招呼的方式很特别啊,不过下次敲我脑袋,能换根草吗?这一棍子下来,我脑袋晕……"

"好啊!如果还有下次。"

在龙初瑶郑重其事的回答中,小金两眼一翻,直接晕倒在地。见它晕倒,龙初瑶麻利地扔掉木棍,从地上拎起捆仙索就要往回走。

与此同时,地上浓雾渐起,方才一直跟在龙初瑶身后的斗篷青年不动声色地出现在她面前。龙初瑶低着头,长长的睫毛遮住她的眼眸,让周围的空气都透着几分阴郁的气息……

在很久以后,有人问她,和魔君交易的感觉是什么样的。那时的龙初瑶早已忘记与魔君交易的内容,忘记她许下的条件。但她还记得,当时四月春末,鸟雀啼鸣,空气中透着凉爽的气息,可她从头到脚出了一层薄汗。

心脏"扑通扑通"地跳动,攥着捆仙索的手几乎被汗水浸湿,额角也渗出一层细密的汗珠。风从四面八方吹来,却吹不散她心里蒙上的阴霾。

大贤有八百寺庙,也有数不清的妖魔。

求神无用、拜佛无用的时候,龙初瑶只有与魔君结盟。她不知道眼前的魔君从何而来,也不知道对方为什么会找到她。她只知道一点:眼前的魔君可以控制瘴气,可以将七月体内的瘴气消除,让七月平安健康地活下来。

"你确定这药,能驱散我妹妹体内的瘴气?"龙初瑶忐忑地问。

站在面前和她交易的魔君自称毕方。龙初瑶仔细打量过,眼前的魔君和昨天夜里诱拐七月的魔君并不相同——他身后没有华丽的羽翼,额上也没有一双银光闪闪的弯角。

最主要的是,二者的容貌、气质截然不同。

昨天诱拐七月的魔君,哪怕在黑暗中,都好看得仿佛会发光。可眼前的魔君虽然身材高大,但面色苍白,一袭黑色的斗篷直接遮住他大半个身子,让他越发神秘。

龙初瑶看不清他的模样,只知道他出现的刹那,周围的空气仿佛瞬间变得干燥,令她窒息。

毕方淡淡地笑了笑:"当然。"

龙初瑶继续追问:"我凭什么相信你?"

毕方嘴角勾起一抹冷笑,似乎觉得她的问题很有趣:"你如果还有第二种选择,自然没必要和本座做交易。"

"那你怎么证明药有用?"

"管不管用,试试就知道了。"

当时暗夜沉沉,四周安静极了,只能听见江水涌动的声音。微风阵阵,吹动龙初瑶耳旁的碎发,她抿着唇,目光灼灼地盯着毕方

手中的小药丸。

月光在药丸表面折射出绚烂的红光，糖衣似的脆壳外，似有流光闪动。

毕方眼里闪烁着狡黠的光芒："只要让你妹妹含住这粒药丸，她体内的瘴气都会被药丸吸入。"

"我只听说过艾草拔湿气，没听说过含在嘴里就能逼退邪气的灵药。"龙初瑶疑惑道。

毕方笑了笑，不再解释，当着她的面，把药丸搁在被野草覆盖、瘴气弥漫的沼泽地里——月光下的沼泽地，像是蒙着一层老旧的黄纸，散发出阵阵腐败的气息。然而，当朱红的丹药落入沼泽的刹那，氤氲的瘴气顿时向着丹药聚集。

约莫一炷香的工夫，沼泽地的瘴气消失了大半，丹药却如刚开始般澄澈流光。

龙初瑶的眼睛猛地睁大，下意识地伸手去取丹药。可在她手指即将触碰到丹药的瞬间，一团黑雾从她身边掠过，丹药也随之消失。

她诧异地抬起头，映入眼帘的是毕方危险的笑容。

"既然看到了辟火丹的妙用，那你应该知道本座所言不虚吧？你还怀疑本座的能耐吗？"

"把药丸给我。"龙初瑶目光坚定，盯着毕方手中的辟火丹，声音清脆。

毕方被她的话逗笑："天下没有免费的午餐，本座知道你和金蛇私交深厚，你可以用金蛇来换这粒辟火丹。"

"你要金蛇干什么？"龙初瑶皱了皱眉，总觉得眼前的魔君目的不纯。

毕方极重隐私，龙初瑶的问题显然触碰到他的底线，他的脸色瞬间沉了下来，冷冰冰地回答："这与你无关。"

"既然你和我做这笔交易,你不说实话,我是不会考虑合作的。"龙初瑶丝毫不退让。

"反正要死的人也不是本座,拿不到药,死的只不过是一个无关紧要的人类女孩……"

毕方以为话说到这份上,龙初瑶该妥协了,没想到她就像是没有听见他的威胁一般,一字一顿地说:"我再问一遍,你要金蛇干什么?"

也许是龙初瑶的执念太重,又或许是毕方当时心情还不错,沉默了好一会儿,毕方终于败下阵来:"杀之。"

话音刚落,龙初瑶只觉得心下一沉,不可置信地望向他。

在毕方说"杀之"的时候,她清晰地感觉到空气中卷起凌厉呼啸的怨念。这些怨念像拖人下地狱的爪牙,尖叫着从她耳畔掠过,让她倒吸一口冷气。

眼前的魔君,似乎因怨念而生,龙初瑶见过的魔并不多,可她能从对方身上感受到那股让她极为不舒服的气息。

毕方不理会她的反应,直接说道:"是用金蛇换取辟火丹,还是眼睁睁看着你妹妹死?你自己选择。"

五年前的屠村案后,龙初瑶就曾发誓,永远不与魔族交往,永远不接受魔族的诱惑,永远与魔族势不两立。这么多年,她的心从未有过动摇,可此时此刻,她却动摇了。

龙初瑶的摇摆不定被毕方看在眼里,黑色帽檐下的眼底掠过一抹饶有兴味的光芒:"怎么?你想好了吗?"

对毕方而言,龙初瑶是个很有趣的姑娘,她意志坚定,却又容易陷入执念之中。这样的执念,超越了善恶与对错,却无疑是滋养妖魔的好养料。除此之外,她心思纯良,周身散发着纯白的光,几乎闪坏了他的眼睛。这世间,再没什么比入魔更有趣的事,更何况

是拉这样一个秉性纯良的少女入魔。

所以,毕方并不急于去夺她手中的捆仙索,只是步步引诱,让她主动坠入魔道。当她入魔后,自己会从她身上得到无穷的力量,魔力得到大幅度提升。

其实,看到龙初瑶的第一眼,毕方就把她判为了同伴。他几乎可以想象,龙初瑶入魔后,自己实力大增的模样。对于这样一个有可能会带给他许多好处的少女,毕方很难对她说一句重话。

"金蛇的确在我这儿,但……我需要考虑一下。"沉默许久后,龙初瑶低声回答。

"好,明晚之前,你带着金蛇直接来溧水找我就好。"说完这句,毕方低声笑了笑,随后化作黑雾消失不见。

回到花家小巷后,龙初瑶陷入了前所未有的纠结。是!她坑蒙拐骗、无恶不作,的确不是什么好人,不知道小金秉性的时候,她一直心心念念地想要用刀尖剖开蛇腹,杀掉它。

可现在,她知道小金本性纯良,从未伤害过任何人。虽然它话痨、洁癖,还有些自恋,却像孩子般纯真。如今,为了七月,她可以罔顾这一切,毫不犹豫地将它交给毕方,眼睁睁看着毕方杀掉它吗?

龙初瑶认为自己能够明善恶、辨是非,觉得自己不会将金蛇交给毕方,错过毕方的药丸,自己还能想到别的办法。

可当她第二天站在毕方面前,把昏迷不醒的金蛇交给他的时候,才知道高估了自己。她没有自己想象中那般坦荡无私,在小金和七月之间,她还是选择了七月。

"回去吧,拿着辟火丹去救你妹妹吧。"在龙初瑶把捆仙索中的小金交给毕方以后,毕方对她说了这句话。

龙初瑶怕自己后悔,拿到辟火丹之后就转身离开。

从溧水离开以后,龙初瑶疯狂地往回跑,呼啸的风声在耳边猎猎作响,日光柔和地照下来,她却从头到脚冰凉一片。她紧咬嘴唇,想止住呜咽的哭声,眼泪却无声地滑过脸颊。

手里那粒火红色的药丸在日光下闪着耀眼的光彩,她明知道妹妹马上就能痊愈,心却破天荒地沉重下来。一种说不出的情绪压得她步伐踉跄,几乎喘不过气。

金苑鲜艳夺目的春景,在她眼中好像褪去了颜色,变得苍白单薄。

这些日子以来,她总是被迫做出选择,为了赚钱,她做了陆知鱼的琴替;为了救七月,她违背内心一次次地设计抓到金蛇;现在为了这枚辟火丹,她违背原则与毕方做了交易。

她突然觉得自己好自私,罔顾金蛇的性命,只为达到救七月的目的。

不知跑了多久,突然前面的石头猛地将她绊倒在地,额头重重地磕到石头上,额角顿时红通通一片。

她挣扎着起来,双腿像灌了铅,一步都迈不开。身边是一棵参天槐树,几枚被虫蛀了一半的鲜红果子掉在地上,她胡乱地捡起一个,泄愤似的啃了一口。

龙初瑶,那条金蛇和你非亲非故,你担心它做什么?她一遍遍地安慰自己,可野果咽下去的瞬间,她仿佛听到了小金略带惋惜的叹气声。

"那姑娘怎么还没来?我准备了半个月的果子,她要是再不来,就坏掉了。"

龙初瑶打了个冷战,手中的野果跌落在地。

槐树，木中鬼也。传说中，当妖物们执念深重时，飘在空气中的槐香会记录它们的心声。

刚刚，她听见了小金的声音！不！不是小金的声音！不是！龙初瑶捂住耳朵，心脏在剧烈地跳动。

风声阵阵，不断带来阵阵银铃般的天真笑声。她仿佛看到草叶翻飞，小金开心地打着滚，快活地游走在草丛中。

"那粗笨的姑娘三番五次地来金苑，一定是崇拜我的英姿。没办法，谁让我就是这么帅气呢……

"不过，她那么瘦，肚子还总是'咕噜噜'地叫，也许是饿了？

"三百年来，这是第一次在大贤见到如此崇拜我的人，我一定会保佑她健健康康……不就是饿吗？我有的是办法！"

小金游走在草丛里，穿过金苑，来到高耸入云的悬崖，那上面有几棵茂密的果树。可悬崖上长满青苔，它的身子没办法牢牢抓住，只能狼狈地从上面跌落，爬起，然后跌落，再爬起……

不知道过了多久，小金终于爬到了果树上，攒够了果子。可它的身子也布满了伤痕，渗出了点点血迹。强忍住眩晕感，它紧闭着眼睛，爬回江边。

"脏了，身上全部是血，会吓到她的吧……"小金咬咬牙，跳进冰冷的江水中，"洗干净就不会吓到她了……"它忍着痛，吐了吐蛇芯子，金黄的蛇皮在日光下流光闪烁，细细软软的童音回荡在风中。

龙初瑶的心像是被重重打了一拳，她捂住胸口，屏住呼吸，强迫自己不去听，不去看。

稚嫩的声音从她耳旁掠过，断断续续的画面浮现在眼前。

画面泛黄，眨眼间草木枯萎、万物萧瑟。庞然巨蟒化作玲珑小蛇，身上还结了层白茫茫的冰。它冻得浑身发抖，连眼皮都抬不起

来，却笨拙地捡着野果："她好久没来了，我准备的这些果子快要烂完了，多可惜啊……"

画面一转，小金用尾巴裹着剩下的果子，可怜兮兮地躲在树洞里："好冷，好想好好睡一觉。可我不能冬眠，若是冬眠了，那姑娘死了可怎么办？在大贤，我就这么一个信徒，她一定要健健康康的……"

果子"啪嗒"一声掉在地上，小金浑身颤抖着，冻僵在树洞里，没了知觉。

"走啊……饿死也是我的事，为什么要管我……"龙初瑶冲到树洞前，想要推醒小金，让它赶紧躲在地底冬眠，却无济于事。

槐树留下的记忆，根本无法勾连过去和现实。

"为什么会觉得我饿……为什么要救我？"龙初瑶失声痛哭，绝望地捶着地面，拳头捶在沙砾中，渗出点点血迹。

脑海中有无数个场景，在她眼前呼啸而过。这些场景是她三个月以来追逐小金的点点滴滴。

她与小金相处不过三个月，可七月呢？她和七月是姐妹，内心深处的记忆一样让她的心被撕裂成两半。

"姐，你都没吃几口饭，难道不会饿吗？"

"当然不会。姐姐要去的地方，有数不清的果子，可甜可香了……下次姐姐带回来给你吃。"

"姐，金苑蛇神是什么样的？"

"一条蠢蛇，你不必管它，我迟早会杀了它，取出蛇胆给你治病。"

京城盛传：金苑蛇神的蛇胆药效神奇，可治病，可救命，要取蛇胆，先杀蛇神。

都说金苑蛇神异常凶残、嗜血嗜杀。龙初瑶跟了小金三个

月，中间被狗追过、被虫咬过……可那么多危险，她都有惊无险地逃脱了。

唯独有一次，她差点儿活不下来。

那次，她在金苑待的时间有些久，回去的路上，被狼群包围了，慌忙中，她摔伤了腿。

无处可逃的时候，一条黄金巨蟒挡在她前面，以一个守护者的姿态和狼群对峙了很久。

小金虽然庞大，但狼群胜在数量众多，根本就不怕它。它们对准小金的眼睛扑了上去，虽然小金灵敏地躲过，可还是被狼群锋利的爪子划破了身子。

打斗中，狼血喷溅在它身上，小金也受了伤，可它依旧护在龙初瑶身前，丝毫不退缩。

龙初瑶最终得救，可没有人相信是蛇神救了她。

"金苑那条蛇，杀了几十个人啊……它会救你？小姑娘，你应该看错了吧？"

"可怜那些侍卫了，哪个不是娘生爹养的……"

"我儿才十九岁啊！就因为去了一趟金苑，便死无全尸……你说那蛇神是好的？那我儿就活该要死吗？"

耄耋老者哭着捶着胸口，声嘶力竭地诅咒。其他人则认定她看错了，看向她的眼里也有了一丝嫌恶。京城的百姓都说它枉为蛇神，是实打实的妖魔。

夜色弥漫，龙初瑶好像听到小金绝望的哭声。

"只可惜当年我的人话说得还不好，我想提醒那些侍卫赶紧逃跑，可……他们跑得那么快，像是疯了一样，不管不顾地闯入蜃妖的结界……几十条人命啊，就这么消失了。"

龙初瑶捂住胸口，紧紧握着可以救七月的灵药，咬破的舌尖痛

到发麻,眼泪止不住地流。

"你要对金苑灵蛇干什么?"

"杀之。"

毕方的话,再次在她耳畔响起,龙初瑶倏地睁大眼睛,下意识地往回跑。

她大口大口地喘着粗气,脚下的速度不断加快,眼泪也如断线的珠子掉落下来。

她不想哭的,鼻子却酸得无法控制。

"对不起,七月……姐姐小气刻薄,还喜欢自作聪明,我答应治好你,可这次,原谅姐姐!我实在做不到袖手旁观……"

她头也不回地往溧水的方向疾奔而去。

龙初瑶赶到溧水的时候,毕方和小金都不见了。

捆仙索被随意地丢在地上,上面还有几十道刺眼的火痕。旁边的树洞里,一个瑟瑟发抖的孩子,屁股撅得老高,不停地抖动着。

龙初瑶走到树洞旁,那小孩"哧溜"一声从树洞里拔出脑袋,跪地磕头,哭得眼泪鼻涕一把抓:"魔君饶命,不要杀我,不要杀我。"

"小金呢?"

"我不知道,我什么都没看见,我还是个孩子,魔君你就放过我吧……"眼前的男孩哭得震天撼地。

龙初瑶凑近打量了他一番,发现男孩的脸上有两道明显的狐纹,头顶上还有两只毛茸茸的耳朵,分明是一只幼年狐妖。她急得心都要跳出嗓子眼了:"我不是魔君,你刚刚肯定看到毕方把那条

金蛇抓去哪里了,对不对?"

他眨着水汪汪的大眼睛,怔怔地看着龙初瑶,突然"哇"的一声哭了出来:"魔君把蛇神大人抓走了,他要剥它的皮、抽它的筋……蛇神大人死了,再也没有人给我摘野果吃了……"

他抽抽噎噎地哭着,鼻子红通通的。龙初瑶却听得胆战心惊,厉声喝道:"别哭了!我现在去救它。但是你得告诉我,魔君到底往哪去了?"

"汶水河畔啊,魔族都住在那儿的,魔君一定是想吃了蛇神大人……"他说得理所当然,似乎不明白眼前的少女怎么会问这样的蠢问题。但一想到刚才那个可怕的魔君,他嘴巴一撇,又想哭。

可蛇神大人曾经对他说过,流泪是弱者所为,他是狐仙,不能哭。

他还想再说些什么,却发现刚刚的少女转眼间消失得无影无踪……蛇神大人被魔君绑走了,刚才那个人类少女也眨眼间消失不见,这一切好吓人!

他嘴巴一撇,忍了许久还是没忍住,哭得天崩地裂,心都要碎掉了。

周遭的景色飞快掠过,龙初瑶赶到汶水河畔的时候,毕方正拎着遍体鳞伤、只剩一口气的小金,准备跳下万丈汶水。

这一幕,看得龙初瑶肝胆俱裂。

"魔君留步!"龙初瑶高声喊着,跟跄地跑到毕方面前。

"本座给你的药,还管用吗?"见到龙初瑶,毕方似乎并不意外,他淡淡地笑了笑,轻声询问。

"我把辟火丹还给你,你可以把小金还给我吗?"她趴在汶水河畔的岩石上,祈求道。

汶水地势陡峭,平日根本不会有人来,龙初瑶只要一个不小心,就会跌入万丈深渊,尸骨无存。

"你知道自己在说什么吗？敢在本座面前抢金蛇？谁给你的胆子？"毕方的眼底渐渐凝聚着烈火，冷冷地望着龙初瑶。

原本奄奄一息的小金听见她的话，强撑着睁开眼："咝……咝……"它已经说不出话了，只能无力地吐着芯子。龙初瑶的心痛了起来："辟火丹我没有用，现在原封不动地还给你。你把小金打成这样，我也不与你计较，只要你把它还给我！"

"可笑的人类！趁着本座还没生气，赶紧滚。"

"你不讲信用！即便是你们魔族，也要遵循一物换一物的道理。你放开小金！"龙初瑶猛然抽出别在腰间的笛子，指着毕方说。

"滚！"

天色突然阴沉下来，细小的火苗跳动在空气中，让周围的草木纷纷燃烧、枯萎。

眼见那火焰即将烧到龙初瑶的脚踝，她想也不想，直接上前一步，伸手去夺毕方手里的金蛇。

龙初瑶周身被火焰围绕，炙热的温度迅速烧毁了她耳畔的长发，可龙初瑶眼神坚定，毫不退缩。

就在毕方嘴角勾出一抹冷笑，准备用烈火烧死眼前这个不自量力的人类少女时，一道碧影闪过，直接挡住即将触碰到龙初瑶的烈火。

本该在迷幻林失去踪迹的宸华恰好赶到，直接抱起龙初瑶，将她从毕方身边带走。

龙初瑶只觉腰间一紧，一阵淡淡的青草气息扑面而来。抬起头，熟悉的身影映入眼帘。

"你……"龙初瑶怔了一下。

宸华没有说话，周身散发着一股拒人于千里之外的气息。

龙初瑶察觉到他不太对劲。

从前他不说话，只不过是傲娇，现在的他却从骨子里透出一股

凛冽的煞气。

"本尊名唤宸华。"宸华将龙初瑶护在身后,冷冷地看着毕方,语气冷漠。

宸华?龙初瑶知道这个名字,老人们说天上的谷神就叫宸华。龙初瑶错愕地看着他,没想到被她视作精魅的少年竟然是堂堂天庭谷神。

"本以为你只是资历尚浅的小仙,没想到本座看走了眼,竟然没发现你是天庭谷神。"毕方挑了挑眉,似乎有些意外,神色也从一开始的漫不经心变得有些忌惮。他不动声色地往后退了两步。

"魔族向来蠢笨,我并不介意。"宸华嘴角勾起一抹嘲笑。

他的话让毕方面色铁青,火气直冒。帽檐下的目光沉沉,电光石火间,无数想法在他的脑海中掠过。

毕方有个优点,那就是识时务。如果今日来的只是个资历尚浅的小仙,他根本不会放在眼里。可他偏偏是谷神!天庭神君诸多,有天生神力者,有谋划算计者。然而像宸华身负神力和谋算的,毕竟是少数,魔界盛传着他的威名。

平素宸华得过且过,对天下万事都抱着随性无为的态度,他看上去是一位从容且淡然的神君,可只有在他手里吃过苦头的魔尊才知道,这位神君淡然的外表下,是怎样如火的性子。他要守护的东西,从来都是以命相搏,在所不惜。

和这样智谋拔尖的神君为敌,显然不智。

"今天算你走运,既然宸华护在你身边,本座就不和你计较了。你要的金蛇还给你……"

毕方思虑良久,从龙初瑶的手中取走辟火丹,然后把小金丢到她身边,紧接着黑影一闪,凭空消失。

"小金……"龙初瑶红了眼眶,浑身颤抖着将小金抱在怀里,

眼泪无声地滑落。

昔日调皮的小金奄奄一息地躺在她的怀里，渐渐昏睡过去。就在龙初瑶抱着小金，准备离开汶水河畔时，宸华竟然头也不回地往前走去。

龙初瑶神色大变，急忙喊道："神君，你干什么？"

宸华的脚步顿了一下，转过身，淡淡地看了她一眼。他的眼里透着一种说不出的冷漠，好像将眼前的少女当作陌生人。

龙初瑶怔在原地。

宸华在她的手里栽过很多次，却从未真正伤害过她，甚至还会在她最危险的时候，毫不犹豫地挡在她前面。龙初瑶一直觉得，他是一个与冷酷外表不符的温柔神君。直到此时，他用一种事不关己的冰冷目光望向自己，她才感觉到宸华眼里深深的疏离。

这种疏离化作如堕冰窟的冰冷，丝丝透骨，让她的心瞬间沉了下来。

"金蛇修炼百年的内丹被毕方夺走了，我去找回来。"宸华虽然有些抗拒，却依然回答了她的问题。

传说汶水河畔的万丈深渊下锁着千万个可怕的妖魔，人类踏足的瞬间，便会被烈焰炙烤成灰烬。即便是神君，也不能触碰那样可怕的魔渊！

"那里很危险，你……能不去吗？"龙初瑶犹豫了很久，小声地询问。

"毕方的确放了金蛇，可他夺走了金蛇的内丹。内丹是灵兽休戚相关的命脉，有灵兽本源的气息。只要在毕方手里一天，他就能以此找到金蛇，斩杀金蛇。金蛇殒命，守护兽无法归位，天下恐生浩劫。本尊既然身负天命，魔族敢在本尊手上作乱，本尊便没有坐视不理的道理。"

"可……万一……"龙初瑶欲言又止,眼里满是担忧。

"万一什么?不过是魔界,毕方既然用灵蛇的安危下了'邀约',本尊岂能让他失望?"

宸华一脸平静,语气平淡,仿佛自己要去做的,只是一些无关痛痒的小事。

"可万一你回不来了呢?"龙初瑶的心骤然痛起来,她屏住呼吸,眼睛一眨不眨地看着宸华。巴掌大小的脸上,一双黑漆漆的眼睛里溢满了焦灼不安。

她不过是个担心妹妹的普通少女,会被魔族迷惑,用金蛇换药,也是人之常情。宸华心中一软,抗拒的神色也渐渐消失。他轻轻叹了一口气,摸了摸龙初瑶毛茸茸的头发,沉默许久,开口道:"万一我回不来,能否劳烦你一件事?"

龙初瑶心下一沉,知道自己劝不回宸华了,只好答应道:"你说,能办到的,我一定做到!"

"如果我七日不回,记得我曾经给你的玉坠子吗?打碎它。"说完这句话,宸华头也不回地跃入万丈深渊。

大贤京城的小仙们集资捐了个芝麻大小的医馆,可是自开业以来,生意惨淡,一个客人都没有。本以为会就此倒闭,结果今天土神却鼻青脸肿地走进了医馆。

"小神不过是替神君打抱不平,把龙初瑶的黑历史原封不动地报给宸华神君,可神君为什么要夺我神职,还把我暴揍一顿?好气啊!"土神坐在医馆,鼻涕眼泪一把抓地控诉。

山神嗑着瓜子,建议道:"要不,你去问问他?也许宸华神君是误伤了你?"

受山神蛊惑,第二日,土神喝了一坛老酒,切了二两牛肉,以一种视死如归的心情,决定反抗宸华,反抗不平等待遇。

可没想到,在南王府见到宸华时,土神的脑袋突然"嗡"的一声,一片空白。宸华淡淡地扫了他一眼,土神身后骤然有小风呼啸掠过……他怔了一下,深吸一口气:"神君!"

宸华问:"什么事?"

堂堂上神的威压宛如泰山压顶,土神腿肚子一颤,"扑通"一声跪了下来:"龙初瑶渎神两次,小……小神替神君抱不平……"

话音未落,一道碧光闪过,也不见宸华如何动作,土神当即怔在原地,满脸泪痕。

翌日,医馆爆赚。

"土神,可以采访一下你吗?宸华神君为什么又打你?"

土神拿着黄铜镜,一边抹药一边哭:"宸华神君讨厌龙初瑶!连她的名字都说不得。呜呜呜……"

龙初瑶摸了摸脖子上挂着的蛇纹坠,这坠子是宸华给她的。

龙初瑶回忆起宸华跃入万丈深渊前对她说的话,心里难过得无以复加。

从汶水回来也有三天了,可这三天,她一点儿劲都提不起来。

小金是灵蛇,身上的伤随着时间的流逝渐渐痊愈,可是因为失去了内丹,变成了筷子大小,也不爱说话了。而她从汶水回来时,妹妹七月的腿疾和眼疾竟然全好了。她格外惊喜,追问了很久,可每次提到这件事,七月的脸上就露出为难的神色,顾左右而言他。

七月不会撒谎,连神君庇佑这种敷衍的谎话都编不出来,只能红着小脸不知所措。

龙初瑶从她断断续续的话里琢磨了许久,才隐约拼凑出真相,知道有个好心的神秘人,给她治了病。可当她问神秘人是谁时,七月却闭口不答。逼急了,也只是说承诺过恩公,绝对不提他的名字。

七月的病好了,省下了一大笔药钱,欠款也还清了。虽然这件事仍是个谜,可一切都在往好的方向发展,龙初瑶也就不再追问。

操劳十几年的一个心结就这么解开了。

一夕之间,七月痊愈、债务还清、恩"蛇"得救……曾经摆在龙初瑶面前的种种困难烟消云散。就像是赌徒突然翻本,久旱逢甘霖……天大的好事砸在脑门上,鲜香的馅饼端到面前,可馅饼吃得太多,也容易噎着……

那么多年来的重担没了,龙初瑶整个人突然失去了精气神。

七月见她整日蔫蔫的,劝解道:"姐,你不是喜欢弹琴吗?你

可以弹琴给自己听,以后不用讨好任何达官贵人了。"

说这句话时,七月是站在她面前的。

龙初瑶小的时候,一直在想如果七月痊愈,站在她眼前,那将是什么样的情形。她觉得七月应该和她差不多高,她们可以一起放风筝、采茶、捉蝈蝈,做一切快乐的事情。

如今,七月真的站在她眼前了,她却一点儿都不想动,虽然心里是高兴的,可是提不起精神去做曾经想做的事情。

七月没她想象中的那么高,比她矮了半个头,也许是十年来从未活动过那双腿,七月的腿非常瘦,根本不能正常奔跑。所以龙初瑶经常会扶着七月,从院头走到院尾,带她做一些康复运动。

偶尔,门外槐影晃动,眼角的余光捕捉到那一抹淡绿的时候,她也会想起那个身穿碧绿衣衫的少年神君。他现在怎么样了?他能带回小金的内丹吗?他……别死在汶水了吧!

"姐,你在想什么呢?"七月轻轻地扯了扯她的手,打断她的沉思。

"我在想今晚吃什么。"龙初瑶随便说道。

七月忙拿出几枚果子,献宝似的道:"今晚有你最爱吃的凉拌鲜藕!还有布谷果。"

龙初瑶点点头,目光放空。

龙初瑶的异常,七月全都看在眼里,她实在无法忍受向来乐观爱笑的姐姐,突然就变成个冰做的人儿,她想了许久,总觉得姐姐变成如今的模样,恐怕是对她太失望了。姐姐对她无保留地好,自己却为一个外人瞒着她。

从小到大,她和姐姐之间都没什么秘密,七月想了许久,终于下定决心。

"姐,你不是一直好奇我是如何痊愈的吗?我告诉你吧。"七

月冷不丁开口，吸引了龙初瑶的注意。

"你不是答应过那个人，绝对不说出他的名字吗？"龙初瑶诧异地抬眼。

己所不欲，勿施于人，既然是承诺，就该用性命来遵从，绝对不应该随意打破。龙初瑶品行有瑕疵，但她深知这个道理。所以当七月说"姐，我答应过恩公，绝不说出他身份"的时候，她即便再急，也能按捺住好奇，让七月保留她的小秘密。

"七月，你看见小金了吗？"她突然想起小金，冷不丁打断七月的话。

"它今天一早就不见了，我想应该是回去了吧……那是蛇神啊，哪儿能和咱们住在一起？"七月笑着回答。

龙初瑶低下头，手中搀扶七月的动作一顿：也是，小金也不是她养的，自己凭什么困住它呢？

为了给七月治病，她将小金交给了毕方，害得它丢掉内丹。小金没跑来和她拼命，趁她睡觉时咬她一口，趁她喝水勒断她的脖子，已经非常仁义了。她难道还要逼迫小金留在自己身边？有朝一日把自己剥了皮、抽了筋，炖了蛇羹请她喝吗？想到那种可能，龙初瑶禁不住打了一个寒战。

不行，她不能这样下去，总这么伤春悲秋，根本不符合她的性格。

多大的坎坷过不去啊？就算过不去……也没见着那些过不去的人，一个个耷拉着脑袋，要死要活。

弃我去者昨日之日不可留，乱我心者今日之日多烦忧。

我生不为忧愁来，何必庸人自扰？

宸华跃入万丈深渊，想要找回小金的内丹，拯救天下苍生，那是他作为神君的职责。与她又有什么关系？她只是个普通人，百年时光转瞬即逝，人生不如意事十之八九，没准过几天，她就成了骷

骷髅中的白骨……死都不知道怎么死的。自己的性命如此脆弱,她怎么还有闲工夫担心宸华神君?

龙初瑶把七月扶到床上以后,一边走一边想。

"姐,你不要打岔。我的腿是宸华神君治好的。"

"哦。"龙初瑶沉浸在自己的思绪中,觉得自己实在太无聊,竟然替神君担忧,根本没察觉到七月到底说了什么。

"你可能不认识这位神君……"

"嗯。"龙初瑶漫不经心地应了一声,思绪完全走远。

她好不容易还清了欠债,七月的腿疾也痊愈了,为什么还要担心宸华?是嫌自己的日子过得太轻松了?龙初瑶在心里狠狠地骂着自己,决定不再想与自己无关的事情,去做点儿她这个年纪喜欢做的事。

"姐,你去哪儿?"见龙初瑶头也不回地往屋外走,七月惊讶地问道。

龙初瑶转过身,露出两颗可爱的小虎牙,笑得特别讨喜:"你不说了嘛,我该做点儿自己喜欢做的事!我现在就去找点儿乐子,放松放松!"

康庄赌坊里,"噼里啪啦"的麻将声不绝于耳。

"清一色,自摸……和!"

"杠上开花……给钱给钱!"

"一色四同顺……来来来……"

赌坊里,一个把自己裹得和粽子似的少女蒙着面纱,只露出一双明亮的眼眸,两只眼睛冒着金光,开心地嚷嚷着。

"哎哟,小小年纪,手气太好了吧?"

"这都赢了一个下午了……该不会是出老千吧?"

龙初瑶赢得盆满钵满,赌坊里的人却输得眼泪汪汪。

才半天工夫,龙初瑶就发现自己这个爱好简直是隐藏的技能,三下五除二,她赢了三十两银子、两株奇花、五幅字画。早知道她这么有天赋,当初她干吗守着原则不进赌坊?

进一次,七月的药有了,再进一次,家中的粮仓也就满了。

龙初瑶深吸一口气,开心地捏着骰子上下摇晃着。周围乌烟瘴气,她却笑得眼眸明亮,格外可爱:银子的滋味啊,就是这么让人陶醉。

七月好说歹说才把龙初瑶撺出来散心,如果她知道龙初瑶现在做的事与琴棋书画一点儿关系都没有,反而在赌坊里混了一个下午,必然瞠目结舌。

就在龙初瑶摇着骰子,准备再开一局时,在赌坊侍奉茶水的小厮走到她身边,恭恭敬敬地对她说:"小姑娘,我们老板有事找你……"

"别吵!没看见我正忙着呢吗?"龙初瑶皱了皱眉,有些不悦。

"我们老板看你是个人才,想要和你聊几句,姑娘若我行我素、不识抬举,就不怕惹来祸事吗?"似乎被龙初瑶的态度激怒,小厮的话里也有了怒气。

"对我而言,输才是最大的祸事。"龙初瑶丝毫不退缩,连头都没有抬一下。

"你……"那小厮还想再说几句,手臂却被人从后面扯住。

无论是小厮还是赌坊的老板,都遇到了这样奇怪的事——无论是谁,只要动了将龙初瑶撺走的念头,手臂就像被人紧紧抓住,双腿也被定在原地。可是回过头,周围却空空如也,一个人影都没有。

都说这姑娘邪门,看这情景,果真没错。机灵的小厮早就跑得无影无踪,周围的人群也散了大半,可龙初瑶却像没看见似的,一点儿都没察觉自己惹了大麻烦。

这么一赌,便赌到日暮西沉。

怀中揣着一沓沓银票,龙初瑶心里热乎乎的,汶水之灾、金蛇失丹的种种不如意,被她抛诸脑后。

赌坊老板大出血,眼泪哭了一缸又一缸。

临出康庄赌坊的时候,那赌坊老板拦住她,哭丧着脸哀求道:"姑娘有神君眷顾,我做的只是小本生意,还请姑娘以后别再来了。"

"什么神君?什么眷顾?我凭本事赢的银子,你管我来不来?"龙初瑶一把甩开赌坊老板的手,满脸不高兴。

从康庄赌坊出来后,龙初瑶买了两张饼、一碗阳春面和三两驴肉火烧。她哼着小曲,开开心心地往花家小巷走,想着赶紧回家给七月改善改善伙食,却没想到被一堆孩子挡住了去路。

都到了吃饭时间了,这堆孩子堵在路中间当门神啊?龙初瑶不高兴地嘟囔着。

她转了个身,准备换个方向回家,身后突然传来他们震耳欲聋的尖叫声。

"母亲说了,蛇神的内胆包治百病,如果将它献给南王府,治好昏迷不醒的南王世子,就能得到黄金万两。"

"开什么玩笑,这只是条小小的金蛇,怎么可能是蛇神?"

"你不想要蛇胆,你打它干吗?"

"我就是讨厌这种软绵绵的丑东西,不行吗?"

七八岁的孩子聚在一起,兴奋地嚷嚷着。龙初瑶平时最烦七八岁的男孩,在她看来,这个阶段的男孩大多蛮不讲理,虽然有些孩

子的确聪明可爱，可大多数男孩不但多事，闹起来还能把房顶掀了。比如，邻居关婶的傻儿子。

龙初瑶转身刚走了几步，就从这些孩子的话里听见了"蛇神"两个字，脚步不由自主地顿住了。小金现在应该回到金苑了吧，不可能在京城吧……她心里嘀咕着，却不由自主地走了过去。

看一眼……只看一眼就好了。

心里这么想着，龙初瑶凑过去踮起脚看了一眼，下一秒，她直接怔在原地，久久无法回神。

昔日活灵活现的小金软绵绵地趴在地上，金灿灿的身子上全是被鞭打的痕迹。它哆嗦着，狼狈地逃窜，想要躲避他们的鞭子。

"哈哈哈……你们看，它还躲……它躲得了吗？"

"轻点儿，把它打死了就没得玩了！"

这几个孩子肆意地笑着，全然不觉得自己的行为有任何不妥。其中有个小孩拦住了鞭子，却不是担心它受伤，而是怕金蛇死了，他们没了取乐的玩具。

龙初瑶气得浑身颤抖，她不断地告诉自己：龙初瑶，不要生气，要控制住自己，不要跟一群小孩一般见识，可她实在是忍不住。

"你们干吗？"她眼眶发红，怒声大骂。

小孩们吓下了一跳，看着满脸怒气的龙初瑶，害怕地低下头，解释道："这条蠢蛇偷了我们的东西吃！我们在教训它呢！"

"滚！"龙初瑶夺过他们手里的鞭子，扔到一旁。

"一条破蛇而已，凶什么？你不就是想捉它炖蛇羹……"一个稍微大一点儿的孩子不高兴地嘟囔着。

一种说不出的愤怒堵在心间，让她痛得眼红鼻酸："都给我滚！"

"凭什么？这里又不是你的地盘，我就要在这儿。"一个胖孩

子挺身而出,嘟囔着反抗。

龙初瑶气得发抖,随手从地上捡起一根木棍去揍那些虐蛇的孩子:"让你们不听!让你们虐蛇……"

她劈头盖脸地一顿乱揍,那些孩子尖叫着狼狈逃走。待他们走后,龙初瑶才颤抖着抱住奄奄一息的小金,忍不住"哇"的一声大哭起来。

小金离开她时,她只是失落,一点儿都不难过。因为她认定小金会回到金苑,做回那个高高在上的蛇神,却绝没想过偷偷从花家小巷溜走的小金会一动不动地瘫在地上,筋疲力尽,连眼皮都抬不起来,被一群孩子折磨得面目全非。

没有内丹的小金,虚弱得连一条普通的小蛇都不如。

"对不起,小金……都是我的错……"龙初瑶大声痛哭。

她突然发现,她从来没有像现在一样讨厌自己。

龙初瑶抱着遍体鳞伤的小金,头也不回地往花家小巷赶,刚走到巷口,就看见家门口围着大批的官兵。他们面色阴沉,拿着通缉令,见人便问:"这上面的人,你见过吗?"

"没……没……"被逮住的人哆哆嗦嗦地回答。

"有人举报,这是花家小巷的住户!"官兵揪着那人的衣领,怒气冲冲地说。

"小人久未在家,不太清楚,官爷问问别家……"

大门"咣当"一声关上,官兵们对视一眼,又走到另一户门前"啪啪啪"地拍门:"这上面的人,你见过吗?"

龙初瑶躲在角落,听到走出巷口的邻居们的议论声。

"龙姑娘怎么回事?怎么惹上官兵了?"

"别吭声,和咱们又没有关系,就说不知道好了。"

议论声渐渐远去,龙初瑶偷偷从角落里探出头,看见自家大门被踹开,一个少女被官兵们簇拥着站在中间……陆知鱼?可陆知鱼为什么要带官兵来抄她的家?

去赌坊打麻将犯法?就算犯法,那么多人不抓,为什么偏偏要来找她的晦气?龙初瑶心中的疑问此起彼伏。

下一秒,她看到了七月。

七月被官兵们拖了出来,抽抽噎噎地哭着:"你们找谁?我家只有我一个……你们要干什么?"

七月的哭声,让执行命令的官兵有些心软:"陆三小姐,你说龙初瑶就是画像上的妖魔,可她家里只有这么一个女孩,你别是弄错了吧?"

"本小姐何等身份,至于在这件事上骗你吗?她家的确就她一个人,但不在家的,还有一个,正是她的姐姐龙初瑶。"

"可……"

"龙初瑶是黑市的琴替,她的模样许多人都见过。你如果不信,拿着通缉令去黑市一问便知。"

"陆三小姐,我姐姐没有得罪过您……您为何……"七月哭得绝望。

陆知鱼冷哼一声,不屑地回答:"你姐姐得罪我的时候多着呢。"

"她做您的琴替,就算没有成功,也没有收您的银子……"

"不收银子就行了吗?对她而言,那只不过是一次失败的抚琴,可对我而言……算了,我和你说这些做什么呢?"陆知鱼摇了摇头,似乎不想解释太多。

第九章

许久未见，陆知鱼依然如之前一般美丽高贵，浑身上下透着高高在上的傲气。她冷冷地推开七月，指挥着官兵们砸了院里的水缸、米缸。七月想阻止，却被陆知鱼带来的丫鬟们死死压制住。

"你们干吗？为什么要砸我家？"七月被丫鬟们压着，根本动不了，只能拼尽全力大声呼喊，"别砸了，别砸了。"

与此同时，另一拨赶去黑市的官兵急匆匆赶回来："回禀大人，黑市的负责人说了，这上面的少女的确是龙初瑶。"

官兵话音刚落，龙初瑶整个人像是被什么狠狠地定在地面，怔怔地看着眼前的情形，不知所措。

"带回去！"为首的官兵没找到龙初瑶，冷冷地看了七月一眼，手一挥直接下令。

不要！放开七月！龙初瑶红着双眼，想冲出去换回七月，怀中奄奄一息的小金突然动了一下。

一刹那，好像有一盆冷水，把她浇醒。

龙初瑶猛地清醒过来，她现在的确可以冲出去换回七月，可接下来呢？被关进地牢等死吗？她回来，不是为了自投罗网，而是为了赎罪。

脑海里突然响起被她忽略的声音，七月说，她的腿是宸华神君治好的，如果宸华神君还在这里，一定能帮助她们。可宸华神君去汶水魔界，生死不明……

不！重点不在这儿。

关键是……宸华神君治好了七月，那他自己不就要承受万蚁噬心的痛楚？龙初瑶的心里像是被什么狠狠打了一拳，疼得她浑身颤抖。她猛然想起了自己最不愿回忆的一幕。

她曾听宸华说过："不是本尊不愿救她，只是……你家七月命数已定。人间种种皆有因果，即便是神君也不能随意干涉，否则会

受万蚁噬心之苦。"

宸华的声音在耳边回荡，恍惚中，她想起当时自己把宸华引入迷幻林中，还没心没肺地笑着打趣宸华："这个迷幻林有个传说，大贤当年与敌国交战，节节败退，士兵们将敌军引入迷幻林，敌军的痛苦被千倍放大，这才撤退……神君，你不会有什么头疼脑热吧？一点儿痛苦，都会被无限放大哦……"

那时，宸华冷着脸回答："本尊好得很。"

她眼里突然浮现一层雾气，宸华说他好得很？怎么会好得很？神仙插手人类的因果，会受到万蚁噬心的痛苦。一旦进入迷幻林，这种痛苦又会被无限放大。

她本以为宸华进入迷幻林以后对她爱答不理，是因为厌烦她。可她从未想过，宸华面色阴沉，并非有意疏远，事实上，是因为他救了七月，每一步都走在刀尖上，忍受着万分的痛苦。

难怪他会对她如此失望，在汶水河畔见到她的时候冷若冰霜……

龙初瑶的胸口闷闷的，心里有个声音一直在对她说：宸华还没死，七天还没到，你不能懦弱地流泪。宸华就算忍受着万蚁噬心，凭借着他的能力也一定会从汶水河畔带回内丹！

她在心里一遍遍地劝说着自己，可内心还是失落得无以复加：龙初瑶，你还真是失败……七月救不了，小蛇守护不了，现在连救过七月的宸华，都被你害得生死未卜。

龙初瑶难受得眼眶发红，鼻子越来越酸，眼泪无声滑落。

宸华曾经说过的话，一遍遍响彻脑海，像是在告诉她：我和你，从来都是截然不同的两种人。更像是嘲讽她：龙初瑶，你内心阴暗，自私自利……

龙初瑶捂着头蹲下，身体痛苦地颤抖着。

不……我不是这样的人！心脏好似裂开，一股热血溢满胸腔，熊熊燃烧着。抬起头，她仿佛看到慷慨赴死的宸华……那不过是想象出的画面，却不知为何像一道光，轰然击碎她内心层层叠叠的屏障。

破碎的记忆疯狂地涌入脑海，她仿佛来到天庭，身穿一身战甲，目光冷厉，与魔族浴血奋战。又转眼来到人间，身穿一袭绿裙，手指拂过处草木逢春。然后，她站在一片莽莽荒原上，长袖拂过荒原，刹那间，莽莽荒原变成一片花海。

龙初瑶头痛欲裂，想要赶走不断涌入脑海的记忆。"咝"的一声，怀中的小金动了一下……

疲惫不堪的小金软绵绵地缩在龙初瑶怀中，当她陷入被回忆操控的痛苦中时，小金感受到她不同寻常的气息。

好像有一股源源不断的力量从她身体里溢出来。那力量随着记忆汹涌而来，像是有无与伦比的磅礴灵气，却又充满哀悯、怜惜和无奈。

除了春神，没人拥有这么蓬勃而明亮的力量……可春神不是万年前就已经神殒了吗？小金有些诧异，可还是在龙初瑶能够抚慰万物的力量下，渐渐睡了过去。

身体的疼痛在一点点消失，斑斑血迹渐渐干涸，身上的那些细小伤痕以肉眼可见的速度，飞快地愈合着。没有人发现，龙初瑶身体里的力量溢出来的瞬间，躺在她怀里的小金，额间突然出现三只棱角，闪烁神光，稍纵即逝……

那光亮通透晶莹，蕴藏着无与伦比的澎湃力量，倘若有见识广博的天界神君在此，必然能发现那三只棱角分明是上古神兽独有的标记。

从前，这标记被封印，一点儿都看不出来，这让小金看来不过是平平无奇的一条金蛇。如今封印被强大的灵力冲开……

"嗞……"

小金骤然清醒,不可置信地抬起脑袋,以为自己只是做梦,身体却在不停地膨胀,曾经失去的内丹也重新在身体里形成轮廓。

花家小巷里曾经枯萎的苔藓,一点点萌发绿意,已经凋谢的槐花重新散发着清香。

"英雄,你头上开花了?"

就在龙初瑶心绪激荡,努力想将记忆拼凑完整时,耳畔突然传来元气十足的童音,将她从痛苦中拉回。

"金尾?"龙初瑶愕然看着怀里的小金,两段截然不同的记忆让她思绪混乱,一个陌生的名字从她口中毫无预兆地蹦了出来。

金尾是当年春神座下的蛇神,早在万年之前就跟着春神一起神殒了。

小金可不敢以蛇神自居,当即摇头晃脑地反驳:"不敢不敢,我是小金啊,英雄,你把我当成谁了?"

当它说自己是"小金"的时候,它额上的三只棱角悄无声息地隐没在眉心,再不见踪迹。

龙初瑶的记忆一点点回归,终于想明白她是谁,她在哪……那条濒死的小蛇重新活过来了,喜悦赫然满溢心间,让她忍不住热泪盈眶。

"小金!"一声欢呼,她再也抑制不住激动的情绪,一把拥住了小蛇。

"英雄,你头顶开花也就罢了,居然还会变颜色……嗞……嗞……你别抱着我啊!我都要被你压死了……"

第九章

小金睁着暗金色的眸子，愕然看着龙初瑶身后灿灿若仙、莹白如雪的槐花，看到她在花叶的簇拥下，瑞气千条。

它太过专注地看着龙初瑶，竟没注意到自己身上的伤痕已经不见，身子也恢复到了幼年金蟒的大小，虽没有曾经那么威风，却活蹦乱跳，精神抖擞。

"小金！小金……"龙初瑶紧紧地抱着它，开心得又哭又笑，心中那些伤心与愧疚，在不知不觉中被一双无形的小手抚平。

京城戒严，很多官兵拿着龙初瑶的小像挨家挨户地询问，为了不被他们发现，龙初瑶决定带着小金按照上次的路线离开京城。一路上，龙初瑶心思沉重，小金却开心地嚷嚷个不停。

"英雄，你说自己恍惚中身披铠甲站在神魔大战的战场上？"

"嗯。"

"你说自己步履过处，荒野就长满了花草？"

"对。"

"你还说……你走到哪儿，春色便弥漫到哪儿？"

"是。"

"哈哈哈哈……"

一阵嚣张的狂笑传入耳中，小金在半空中打了个滚，笑得眼泪都出来了："蛇爷活了三百岁，听过许多神话。天庭的春神的确有让万物复苏的本领，可春神早在神魔大战中神殒了。你说其他的我都信，可英雄，你说自己拥有春神的神力？怎么可能？你要是春神，天下肯定要大乱了！"

"我没说我是春神。"龙初瑶皱着眉头澄清。

"好好好，你没说自己是春神！不过，你都十六岁了，怎么还异想天开呢？"小金舒服地盘在她的胳膊上，懒散地说道。就在它换了个姿势，准备继续嘲笑她时，龙初瑶突然捂住它的嘴巴，猛地

将它拉到一旁，躲到离城门不远处的草丛里。

不远处，一行官兵齐步走来。

"都给我仔细一点儿！陆三小姐说了，龙初瑶有事没事就爱往城外跑，只要守在这儿，迟早能逮住人的！"

为首的官兵声若洪钟，他话音刚落，一行官兵便用银枪划开草叶，准备埋伏。不经意间，龙初瑶之前发现的狗洞暴露在他们的视线中。

"大人，这儿有个狗洞。"

"堵住。"为首的官兵挥了挥手，几块青石砖头堆砌起来，将狗洞迅速填平。

"大人，这儿还有个坑。"

"封上。"

没多会儿，龙初瑶找的几个出城的路子，全被封住了。龙初瑶面色凝重，小金也破天荒地担忧起来："英雄，这可怎么办啊？坑坑洞洞都被封了，咱们出不去了。你这恩，还没报，就遇麻烦了，怎么办啊？"

"我想想办法……"

"对，你仔细想想，除了钻狗洞，咱们能不能从别的地方出城？"小金眨着眼睛，语气有些郑重。

龙初瑶低下头，眼底闪动着一片微光，大贤京城的整个布局清晰地展现在她眼前。

"大贤总共有东南西北四个城门，大贤十八年，西南旱灾，灾民涌进城时，推倒了整座城墙。大贤十九年，重筑城楼的时候，有瓦匠偷懒，地基没有打实……"

"啊？"小金听得眼珠子都快瞪出来了。

"大贤二十三年，京城恰逢水灾，这地基不稳的城墙便摇摇欲

坠,同年五月,有黄口小儿路过,推墙而倒……"

"后来呢?"

"那孩子的父母是泥瓦匠,害怕惹事,连夜召集伙伴修缮了城墙。只可惜砖瓦不够,被狗钻了洞。"

"英雄,你不会参与了《大贤史》的编纂吧?这么老的故事,连蛇爷都没听说过,你怎么知道?"小金诧异地吐着蛇芯子。

"我……怎么知道?"龙初瑶一拍脑袋,也有点儿傻眼。

她的确博闻广识,看过许多书,遇见许多人,也听过许多故事。可她根本不记得自己看过《大贤史》,可当小金询问她"能不能从别的地方出城",恍惚中,野草蔓蔓仿若有灵,在她耳旁和颜悦色地和她说着这些事情,她默默地听着,下意识地将野草的话说出口。

野草怎么会说话?自己是不是魔怔了?

龙初瑶不住地摇头,把心里涌现的奇怪情绪压下,随口岔开话题:"总之我就是知道。"

"算了,我不管你怎么知道的,你再想想,除了东南西北四个城门,还有没有别的门可以出城?"

龙初瑶摇头:"除了这个狗洞,城墙上一点儿缝隙都没有了,我们根本没办法出城。"

"那可怎么办啊?既然出不了城,只能在这里等着被抓,那些官兵现在正在搜索草丛,一会儿就能发现咱们了。我就算再有本事,也不能送你出去啊!"小金急躁地在草丛里来回乱窜。

龙初瑶抬起头看了一眼不远处高高的城墙,深吸一口气,目光中闪动着坚定的光芒:"那我就从城门过去吧。"

话音落下,小金瞠目结舌地看着她:"官兵们守在城门等着抓你……"

"我知道。"

"他们说你是齐村屠村案的凶手……"

"是啊!"

"真是胡说八道,你明明只是一个普通人,怎么会是妖魔呢?蛇爷修的是浩然正道,你身上若有妖魔的气息,我早就发现了,怎么可能会和你待在一起?"小金不屑地冷哼一声。

龙初瑶笑得满不在乎:"没准我真的是妖魔呢?"否则,怎么能听见野草倾诉衷肠的声音呢?

她眼神坚定,说得轻描淡写,小金郁闷地叹息:"都什么时候了,英雄你怎么还在和我说笑啊?要不咱们安生待在城里,别出去了。"小东西嘟囔着。

"我必须出去。我不出去,谁把迷幻林的春枝带给宸华?谁又能在汶水魔界助宸华神君一臂之力?迷幻林有仙人布下的阵法,入林者身上的苦痛会被无限放大,只有佩带着树林里的春枝,才能避免那样的痛。而春枝,是春神遗落在林间的镇林法宝。"

"什么?你要给宸华神君送去春枝,你的目的地难道是汶水河畔?你要报恩的那人……是宸华神君?"

"没错!"

龙初瑶轻轻地拍了拍小金的脑袋。

"我想想……我再想想!"小金不安地扭着尾巴,扭着扭着,它咂摸出为什么自己总觉得心跳重若擂鼓,直觉中透着不安。

"汶水河畔是魔族的地盘,你要去汶水给宸华神君送药……你知不知道入迷幻林不可怕,可怕的是带出春枝?土地山神和林间一切草木会拼死阻止你带走春神遗留的法宝!你知不知道魔族有多危险,进去有去无回?"

"知道,我当然全都知道。"

她只用一句话就回答了自己的问题,怎么能这么云淡风轻?小金很想像她一样若无其事,一脸淡定,可它根本控制不住自己的情绪。它见龙初瑶头也不回地往城外走,直接用身体缠住她。

"小金,你干什么啊?"龙初瑶讶异地看着它,一点儿都没有觉得被蛇缠住是一件多么危险的事。

"你还好意思问?"小金的语气异常愤怒,可说着说着,眼中突然闪过一片水光,声音都哽咽起来,"你去迷幻林可以,林间草木虽然凶悍,土地山神却有好生之德,不会取你性命。可一旦你踏入魔族境地,直接就会化为灰烬。你只是普通的人类少女,你连自己都保护不了,你怎么去汶水?你怎么救宸华?你不仅救不出宸华,还会把自己给搭进去!"

小金絮絮叨叨地劝说着,龙初瑶却蹦出一句:"你是在担心我吗?"

小金猛地怔住:"没有……我只不过是……"

它努力地掩饰着,龙初瑶轻轻地抱住它,温柔地安慰道:"放心吧,我不会化为灰烬的,我会平安地回来。"

小金呆呆地抬起头,只见龙初瑶笑的时候,宛若有此起彼伏的凌霄花在她身侧灼灼怒放。

少女的笑容有着安定人心的力量,让满心焦灼的小金破天荒地安静下来,它眯住眼,忍住眼底即将滑落的滚烫泪珠。

"万一你死了……我绝对不会为你掉一滴眼泪……"它带着哭腔,气鼓鼓地扭过头。

龙初瑶坦然无畏,早已看破生死。她轻轻叹了口气,点了点小金的额头:"你真是一条无情的蛇啊!"

"谁无情了?"小金急忙否认。

"现在心情好一点儿没有?"龙初瑶笑了笑,"七月说,看见

我笑,就会觉得天下没什么过不去的坎。只要还能笑,事情就没到最糟的地步,你觉得呢?"

小金的心突然变得很软很软,周围的一切好像都凭空消失,只剩下龙初瑶微笑的模样。

它喃喃道:"我……我只是不想你去,不想你死。"

"我知道。"龙初瑶把它拥在怀里。

"你知道什么?你和当年在金苑踏入蜃妖幻阵的人类侍卫一样,不知道自己要去的地方到底有多危险!"

"踏入汶水魔族,我可能会死,可我若不去,宸华体内还残留着迷幻林的毒,他会死。"龙初瑶认真地看着小金的眼睛,一字一顿地说。

"天上的神君没有那么弱……你不要小瞧了他们。"小金嘟囔着。

龙初瑶叹了口气,无可奈何地看着它:"宸华当然不弱,可他在前往魔族之前,违背了天命,把自己折腾得万蚁噬心。"

"他也太蠢了!"小金气鼓鼓地嘟囔。

龙初瑶的脸色古怪起来,声音却轻轻的,透着淡淡的心疼:"对啊,他实在是太蠢了。"

"咱们不管他了好不好?受到惩罚的神君也很强大,不会说死就死!"小金不愿放弃,继续劝道。

龙初瑶露出无奈的神情:"对,就算受到惩罚,按道理来说,宸华也不容易死掉……可他被我弄到了迷幻林,万蚁噬心的痛苦被放大了一万倍……"

"等等,你为什么带他去迷幻林?"小金问道。

"我也很想问我自己,为什么要把他带到迷幻林,应该直接让他抓住你……"龙初瑶摸着下巴,佯装苦恼。

什么?不把宸华带到迷幻林它就会被捉走吗?小金打了个寒

战,连忙低下头,干咳两声:"其实……我……"

"所以,我必须把迷幻林的春枝带给宸华神君。"龙初瑶耸了耸肩,一副无可奈何的模样。

"可是你去魔族,危险实在是太大了……"

"没有努力过,谁也不知道结果,我连魔族都没有去过,才不会一开始就放弃。"龙初瑶露出一个大大的笑容。

小金总觉得,龙初瑶能得到它的眷顾,是她前世修来的福分,是毕生的运气。它喜欢龙初瑶的性格,却也在心底多多少少有点儿看不起她脆弱的生命……

它觉得龙初瑶默默无闻,毫不打眼,就是一个文弱少女。直到现在,它才发现自己选择龙初瑶根本不是她走运,也不是它怜悯同情这个平凡女孩,而是因为她拥有非凡的毅力、勇气和果敢。

努力未必有结果,可如果连拼搏都不曾尝试,如何能做到无悔?

失败如何?死亡又如何?哪怕成功的概率渺小到可以忽略不计,龙初瑶依然拼尽全力去争取一个可能。

有一股温暖的力量充满心间,小金眼底的懦弱也在龙初瑶鼓励的眼神下,渐渐烟消云散。

"嗞——"

它仰头一声尖啸,从龙初瑶的信念中,它获得了无穷无尽的力量,一条黄金巨蟒倏然出现在空旷的地面上。

"哇,小金,你恢复了?"龙初瑶惊喜地望着它。

小金暗金色的眼眸里绽放出天真烂漫的光芒,它瓮声瓮气地说:"没恢复……不过,带你出城,送你去汶水河畔的能力还是有的。上来吧!蛇爷帮不了你太多忙,既然去迷幻林折取春枝交给宸华神君,将他带出魔族是你的愿望,那蛇爷就助你一程!"

京城的百姓都听见了这一声激荡人心的尖啸,抬起头,便看见

一条金光灿灿的黄金巨蟒腾飞在天。

"快看!蛇神身上有个女孩!"有天真无邪的孩童指着巨蟒身上的龙初瑶兴奋地叫道。

"来人啊,我看见蛇神了!去,张贴布告,广邀奇人异士出马,取它内丹,我儿有救了……"南王府,一直守护在李墨身边的南王夫人将身子探出窗外,神色癫狂,纵声大叫。

关于蛇神的故事,一时间风靡全城。

没有人知道,在大家纷纷猜测蛇神身上的少女是谁时,迷幻林中一场风暴正在酝酿。

天庭传言：宸华讨厌龙初瑶。

讨厌到什么程度呢？你不能在宸华面前提到龙初瑶。否则，不管你说什么，轻则鼻青脸肿，重则烟消云散。

某享年一百岁的小妖，就是血淋淋的案例。

某丢失神职的土神，也是一把伤心泪的过往。

这两条消息上了天庭头条，看得众仙家心神恍惚。对此，小金蛇有不同的想法："我才不信宸华神君讨厌我家阿瑶呢，一定是因为喜欢她，才教训那些人！"

在一旁无聊地翻着跟头的小仙宠择木嘟囔道："我就相信宸华神君是讨厌龙初瑶才那样做的！"

小金吐了吐芯子："不信你去问！"

择木犹豫道："我……我不敢。"

小金露出雪白的毒牙，阴冷地笑了笑："不敢去，那就默认我的说法是对的。以后，我主你次，不许和我抢第一灵宠的位置！"

小金得意扬扬，话音未落，择木一甩尾，化作流彩翩跹的火红凤凰，直接飞到宸华面前。它犹豫许久，终于鼓足勇气："神君，你是不是讨厌龙初瑶？"

宸华面无表情："嗯。"

择木按照小金蛇的说法继续问道："那你为什么会把她送给你的石头当宝贝？"

宸华毫无波动："石头里有玉啊，值钱。"

择木继续追问："那……你为什么在她遇到危险的时候，拼死救她？"

宸华:"神爱世人。"

"那……你……为什么看着她的时候,耳朵会红?"

一道碧光闪过,伴着一声惨烈的凤鸣,择木的一根尾羽掉落。

那根最大、最漂亮的尾羽,被宸华直接拔掉了。它顿时从流光溢彩的火凤凰变成了倒霉催的火鸡,还泪汪汪地失去了"第一灵宠"的地位。

土有土神,山有山神,自春神陨落后,凡间有寸草不生、贫瘠不堪的地方,也有水草丰茂、林荫密布的风水林。后者的繁茂,多多少少受了春神的惠泽,有过春神留下的气息,比如迷幻林。

迷幻林春光潋滟,四季如春,春枝位于林间的紫竹下。守护春枝的现任山神叫沐雪,是个性格暴烈又睚眦必报的家伙。

龙初瑶十三岁的时候,曾因上山采药,无意间看到沐雪在月下祭拜春枝。

沐雪勃然大怒,当即以她窥探上神为由,差点儿没把她化作山石留下来。

龙初瑶好说歹说,才说服沐雪放了她。不过作为条件,她需要永远守住春枝的秘密,且不能觊觎春枝。

当日的誓言犹在耳畔,没想到今天她就要背叛了。手中握着翠绿色的春枝,龙初瑶心中有些犹豫。

小金忍不住催促:"英雄,还愣着干吗?咱们是来盗春枝的啊,倘若山神回来,发现春枝被盗,咱们就完蛋了!"

"我……曾答应山神永远不会觊觎春枝。"龙初瑶犹豫道。

"咱们这是借用春枝,又不是拿了不还。等救出宸华,春枝原样还回,不就皆大欢喜,快走快走……我在这儿片刻都待不住。只要想到他回来撞见咱们,我就浑身颤抖。"小金着急地游走着,伸着头四处张望,唯恐看见沐雪山神的影子。

龙初瑶狠了狠心,刚要抽出春枝时,不远处却响起如雷般的声音。

"既是浑身颤抖,又怎敢觊觎我镇林的春枝?"

第十章 春神觉醒

话音刚落,小金面色大惊。

紫竹林间,沐雪山神目光如雪,冷冷地盯着龙初瑶:"龙初瑶,你记得我吗?"

心脏"扑通扑通"跳得剧烈,龙初瑶的表情却异常平静:"记得。"

"你记得我,却忘了自己许下的诺言。你说过的话,不算数吗?"沐雪冷笑三声,狠狠地盯着灰头土脸,眼眸却异常明亮的少女,"觊觎春枝,将以自己的鲜血换迷幻林百年繁茂。这句话是谁说的?"

无论是神,还是人,都不能背弃誓约,否则将受到天雷反噬,这也是神族与人类的相处之道。

沐雪冷冰冰地盯着眼前背弃诺言的少女,眼神中充满厌恶。就在他伸手取回春枝时,寒光一闪,龙初瑶飞快地从靴间抽出一把匕首,一道血光赫然落在林间。

"恩人如今生死不明,需要春枝救命,我不得已违背承诺。以鲜血偿山林,这一腕血,是利息,等救回恩人,我再来履约。"龙初瑶面色坚定,一字一顿地说。

"人类的血对这迷幻林有何用处?当初与你约定,也不过是想让你知难而退罢了。"

这迷幻林,全凭春枝焕发生机,龙初瑶想不费吹灰之力夺走春枝?沐雪心情很不好,恨不得将她挫骨扬灰,可让他震惊的一幕发生了。

鲜血滴落在迷幻林的一瞬间,林间缺少的元气以不可思议的速度恢复,原本近乎干涸的山泉,重新充满生机。

蔓蔓草藤竟恣意生长,缠住了龙初瑶的手,阻止她继续伤害自己。

"你……"眼前的少女分明不是春神,却有着春神才拥有的澎

澎生机，沐雪惊得一句话都说不出来，目光复杂地看着她。

"山神有好生之德，多谢山神借我春枝。"龙初瑶趁沐雪还没反应过来，拽着小金飞快地往林外疾奔而去，仿佛害怕沐雪反悔一样。

可她哪里知道，沐雪捉住刚才替龙初瑶止血的那根藤蔓，触碰着上面的元气，早已惊呆，哪还有工夫反悔？

魔族。

"滴……滴答。"

溶洞的壁面上折射着粼粼水光，将整座岩穴衬得光彩熠熠，宛如梦幻。

头上长角的妖魔从眼前走过一批又一批，龙初瑶屏住呼吸，眼睛紧紧地闭着，根本不敢睁开。

从汶水河畔跳下后，只要憋着气顺着那冰刀似的激荡水流，一路往下便能来到魔族。临来之前，小金絮絮叨叨地在她耳旁强调："魔王统领四大魔族，所向披靡。但汶水河畔聚着的，其实是一些旁支小魔。"

"大魔和小魔有什么区别？"龙初瑶有些困惑。

小金听到这种问题，当即瞪了她一眼，回答道："进了魔族，屏住呼吸，对你视若无睹的就是小魔。"

"它们要是看见我了呢？"

"那只能说明你倒霉，遇见的是大魔。"对于龙初瑶执意到魔界去寻找宸华的事，小金满肚子意见，即便愿意载她前往汶水河畔，语气依然有些咄咄逼人。

龙初瑶没有注意到它的情绪，继续追问："遇见大魔会怎样？"

第十章 春神觉醒

"能怎样呢?你不都已经做好心理准备了?"小金瞥了她一眼。

"哦。"

小金仔细观察着她的神色,慢吞吞地说:"之前,毕方抓住我,你傻乎乎地跑过来,要不是宸华神君救了你,就凭你这小胳膊小腿的,早被毕方打得魂飞魄散了。"

"也就是说……遇见大魔,我有可能性命不保。"龙初瑶突然明白过来。

"反正你也不在乎性命。"小金冷哼一声,以为说到这儿龙初瑶势必会重新衡量一下去魔界救回宸华的可能性,没想到,只听"扑通"一声,龙初瑶直接跃入水中。

小金看得瞠目结舌,扭头蹿入树林,气鼓鼓地嘟囔:"不听劝!不听劝!我才不要管你了!"

"这里也没那么可怕嘛。"

到了溶洞后,龙初瑶粲然一笑。

她下来时,溶洞中弥漫的瘴气宛如流水般悄无声息地散去。龙初瑶一开始还有点儿拘谨,可走了一会儿,她发现小魔们见着她跑得比兔子还快,于是渐渐松了口气,不再害怕。

"不是说魔族乌烟瘴气,到处都是危险吗?可看起来风景还不错啊……"她从路过的地方捡起一根竹条,自言自语道。

空气中,突然有人弱弱地回答:"风景一直都很不错啊!"

她一心打量着周遭的环境,并没有听到突兀的声音,自言自语道:"不过,宸华会在哪里呢?"

"宸华?你是在说那个从天上来的少年神君吗?"陌生的声音再次响起。

"谁?谁在那儿?"寂静的空气中突然冒出一个声音,龙初瑶

抓着竹条戒备地盯着四周。谁知，那弱弱的声音里突然带着哭腔，无奈道："不要这么大声说话嘛……我怕。"

"你是谁？别在这儿装神弄鬼地吓唬我！"龙初瑶背靠着墙壁，大声吼道。

"我没有装神弄鬼啊……"怯怯的声音无奈响起。

龙初瑶发现，周围的空气随着那神秘的声音迅速变得灼热起来，一时间，热浪滚滚，小魔们四散奔逃。她突然察觉到哪里不对，慌忙把手中的竹条扔在地上，紧接着一动不动地盯着那根竹条，直到竹条吓得打了一个哆嗦。

"你干吗一直盯着我？"

"刚才说话的是你？"龙初瑶诧异地看着它。

"对啊！"

"你是个什么魔？"

"我？我不是魔啊……"那根竹条可怜兮兮地回答。

"不是魔你怎么会在汶水河畔？"龙初瑶继续追问。

"我也不知道，我在这里睡了好长时间，醒来的时候就听见你在问宸华……"

"既然你睡了好长时间，又怎么知道宸华是天上来的少年神君？"龙初瑶的眼底闪过一丝狡黠的光芒。

"我……我就是知道宸华在哪儿啊！"对方声音一顿，吞吞吐吐地回答，"我带你去找他，你跟我来……"

竹条跳了两下，想带着龙初瑶离开，却被龙初瑶用石块狠狠砸了一下。

"啊！"那根竹条吃痛地尖叫起来，"你打我干什么？"

"谁让你说谎？"

"我没有说谎啊……"它的声音明显小了一点儿。

龙初瑶拿着石块又是一顿猛砸，砸得它哀号连连，求饶道："别打别打，我说！"

"行啊，那就说给我听听吧。"龙初瑶挑了挑眉。

"我本是汶水河神……"

"噼里啪啦"又是一顿暴揍。

龙初瑶拿着石块指着它："还敢骗我？你难道不知道后果吗？"

"我天生四体不勤，五谷不分，被母亲丢到汶水河畔自生自灭……"竹条似乎想挑战龙初瑶的底线，接连编造了很多"身世"，直到被龙初瑶一连揍了十几回，才消停下来，"砰"的一声，化作一个长着毛茸茸耳朵的人类幼童。

他泪眼汪汪地看着龙初瑶，最终说了实话："是四时大人让我来带你去找宸华神君的！"

"砰"的一声，龙初瑶的拳头直接砸在他的脑门上，那有着兽耳的孩子当即哭了起来："说假话挨打，我都说实话了，你为什么还打我？"

"手滑。"

龙初瑶一脸无辜地笑了笑，他顿时被噎得无话可说。

"你这样……是交不到朋友的！"

"这和你有什么关系吗？"

"竹条"眨了眨眼睛，没想到龙初瑶竟然这般油盐不进，愣了一会儿后，"哇"的一声，哭着跑掉了。可跑到一半，回头看到龙初瑶一直站在原地，又泪眼汪汪地跑了回来。

"你怎么不来追我？"

龙初瑶一脸疑惑："我为什么要追你？"

"要不是四时大人给我令牌，让我把小魔们都驱散了，你以

为你从汶水游入魔界,不会被那些嗜血的低等魔物撕碎吗?"他气鼓鼓地说道,"所以,你需要感谢四时大人,对我也要客气一点儿。"

见龙初瑶没理他,他又信誓旦旦地发誓:"我是说真的!像你这样的人类少女,进了魔界肯定会化为灰烬的。"

龙初瑶从他身边经过,用青笛扫开面前的荆棘,"竹条"则跌跌撞撞地跟在她身后:"你别走啊,等等我!"

被他缠得不耐烦,龙初瑶有些生气:"我为什么要等你?"

"我是真想带你去找宸华神君啊!四时大人好不容易让我办一件事,办不好,我往后就再也不是大人的心腹了。对了,我叫择木。"

龙初瑶"哦"了一声,头也不回地往前走,择木跟了她一路,一直絮絮叨叨地说着话,话痨程度和小金有得一拼。

"你怎么不问我谁是四时大人?"择木百无聊赖地跟在龙初瑶身后,好奇地问,"你来到陌生的地方,既然受到了东道主的款待,难道就不想认识东道主吗?"

龙初瑶不搭话。

"在你的眼中,是不是觉得我是只小魔,所以根本不愿意理我?"择木生气地嘟囔着,"一定是这样,不然怎么在你的脸上,连一点儿害怕都看不见?"

"我走了哦!我真的走了哦!"择木一遍遍说。

龙初瑶懒得理他,直接翻过一座山往下面走去。

在她眼里,择木非常古怪。他明明自称小魔,身上的气息却纯粹,好像还带了一点儿仙气。倘若他不在魔界出现,龙初瑶甚至会怀疑他是哪位神仙的灵宠。

择木完全不知道龙初瑶心里在想什么,他发现威逼利诱完全不

管用,只能噘着嘴,屁颠屁颠地跟在她身后:"我刚才和你开玩笑的,你别生气啊!"

他多么希望龙初瑶搭理他两句,让他不要再自言自语,那么孤独。可偏偏龙初瑶理都不理他,一直坚定不移地往前走。

龙初瑶嘴角挂着淡淡的微笑,目光却坚定无比,就算他这个低等的小魔,都能感觉到从她周身散发出的坚定信念。

彼时,落霞山上。

宸华的身体被千万条锁链贯穿,牢牢地钉在地面。他仙气消损,遍体鳞伤,口齿间满溢着血腥味儿。

不久前,他追着毕方跳入了万丈深渊,忍着冰冷刺骨的河水来到魔界后,被埋伏在一旁的毕方杀了个措手不及。

他与毕方大战,却两败俱伤。因为遭受着万蚁噬心的痛苦,他连低等的小魔都打不过,直接被带到了落霞山。

既然决定来到魔族,他早已做好最坏的打算,虽然忍受着万般痛苦,但他好歹把小金的内丹从毕方手中夺了回来。

"咳咳……"宸华无力地咳嗽着,身体像是被绞碎。然而,最痛的还是心脏。万蚁噬心的痛苦,原来比想象中更为难耐。他感觉元气在一点点地从身体抽离,冰冷的魔气也在渐渐地侵蚀他每一寸血肉。

这一刻,死亡离他越来越近。

其实,比起他遭遇的苦难,死亡实在不值一提。他活了数千年,在天庭永远战无不胜,哪怕是堂堂战神在他手上也未能讨得一分好处。

三界之内,但凡生灵,有生必有死。

他不惧怕死亡,只是担心无法将内丹交给小金,小金没有了内丹,肯定无法通过生辰塔的考验,恐怕无法从灵兽蜕变为守护兽。

蛇族本就阴冷、自私,宸华纵观三界,也是第一次见到像小金这样内心纯白无瑕的灵蛇。

如果小金不能蜕变成守护兽,那么,蛇族要想再拥有第二条如此心思纯粹、性格明朗的灵蛇,只能再等待几百甚至上千年。

神魔之间的矛盾愈演愈烈,守护兽如果无法归位,生辰塔势必会被魔族毁坏,到那时,天下将会迎来一场浩劫。

落霞山的天空,与人间并无两样,只是千万年来天空缭绕着无数瘴气,阳光并不能穿越云朵,天空中白茫茫一片,失去了人世间的温度,显得有几分冰冷。

宸华咳着血,感觉无边无际的冰冷魔气正在慢慢爬上他的肌肤,渗入他的血液,侵蚀他的五脏六腑。

他从不期盼奇迹出现,可当他看见落霞山上,衣袍猎猎舞动,笑容比阳光还要灿烂的龙初瑶时,还是禁不住红了眼眶。

"没想到……在濒死的时候,我也会出现错觉。本尊还以为……最想看见的应该是旧主春神……没想到……"

可紧接着,他听见一个"哼哧哼哧"的声音。

"哇!你真是太厉害了!我以为你到了魔族会迷失方向,没想到不用我指路,你居然自己找到神君大人了!"

咋咋呼呼的声音,意外地元气十足,"毕方大人手下的那些小魔就是聪明,知道用铁链锁住他,要是没有这条铁链,以这位神君的能力,一定将落霞山夷为平地。"

宸华身上锁着琵琶骨的巨大锁链被人毫不在意地扯动,锁链贯穿的地方,殷红的血珠一点点染红落霞山的泥石。

第十章 春神觉醒

"啊——"随着一声惊叫,本在拉扯宸华身上锁链的择木被人倒拎起来。

"别这样拎着我,头晕头晕。"

在咋咋呼呼的声音里,宸华看见龙初瑶冲他绽放出大大的笑容,眼底水光一片。

龙初瑶直接将择木甩在一旁,跑到宸华身边:"宸华,我带了春枝,我来救你了。"

宸华的心口像是被什么狠狠地抓了一下,一些泛黄的记忆突然涌入脑海。也许真的是濒临死亡,他的神志不再清醒,否则,怎么会把眼前眉眼灿烂的少女认作昔年旧主?

"简狄?"虚弱地吐出一个名字,宸华的意识渐渐抽离身体。

他仿佛回到自己还未成为天庭神君的时候。那时的他不知道自己的来历,也不知道怎样修炼成神君。少时年幼,天智未开,除了一身神魔难测的修为,他什么都不懂,还险些被神君们当成魔物,丢下忘川河。

小小的他在忘川河畔瑟瑟发抖,是春神简狄救了他。

她身穿银光闪烁的盔甲站在他身前,替他挡住所有的恶意揣度:"他是我的继任,有问题吗?"

"简狄神君,你身为春神,竟然与魔物勾结!他若是承袭正道,起码需要千年的修为,可现在他拥有一身神魔莫测的修为,一旦化作魔物,便是天庭浩劫!"

"有我简狄在此,绝不会发生你们所说的事情。"

"你用什么保证?"

"以我的神格保证!他是我撒豆成兵的谷种,他身上所有的灵力都承袭于我,你们说他是魔,那么我呢?在你们眼中,我也是魔吗?"她的身上燃烧着簇簇火焰,这是她发怒的迹象。

能让一个以复苏、流水为灵力来源的神君气得浑身火光炸裂，便是玉帝都破天荒沉默下来："行了，别为难他了，一个孩子而已。"

"多谢玉帝体察……"她抬眸一笑，拉着他离开忘川河畔。

那是他的旧主，是春神，是简狄神君！

他因她而生，有了灵智，在他最危险的时候，是她替他挡下神族的种种刁难。

纵天下不信你，我信；纵天下不容你，我容。

他记不清简狄神君的模样，却清楚地记得她曾给予自己的温暖，还有她的气息。

那温暖的光芒，让他几乎睁不开眼。

她对他说："别怕，我带你回家。"

千万年的时光瞬息而过，沉寂的心，因这一句话，突然"扑通扑通"地不由自主地跳动起来。

"简……狄……"宸华的嘴角流露出一个满足的微笑。

"神君，我带你回家！"

他的双手被人紧紧握住，龙初瑶将春枝别在他的腰间，一切痛苦和彷徨好似烟消云散，万蚁噬心的痛苦也一点点消失。多么温暖又熟悉的气息啊，他好像又回到了春神身边……

意识渐渐混沌，宸华晕了过去。

在龙初瑶握住宸华双手的时候，弥漫在落霞山的魔气突然沸腾起来。

"你干什么？快放手！四时大人只让你来这里找他，没让你带

第十章

他走啊……"择木急得直跳脚,万一龙初瑶将神君带走,那他的小命也就不保了。

他是四时大人从不周山捡来的一枚蛋,要不是四时大人把他从小魔们的餐桌里救出来,他早就死了。四时大人的命令,他拼尽全力也要完成。

龙初瑶根本没理他,执拗地去拧锁链,在打开宸华琵琶骨上的锁链的瞬间,只听"嗡"的一声,四周赫然响起沉沉钟声。

魔气弥漫,地火喷薄,千万道奔雷紫电毫无预警地冲着龙初瑶而来,紫光闪烁,灼热噬人,瞬间吞没龙初瑶瘦弱纤细的身影。

一股股流窜的电流,轰然劈在她的身上,把她打得皮开肉绽,浑身痉挛。

"别碰他!你触到了魔族设下的结界,现在结界开启,地火焚雷轻易能吞噬你。"择木忧心提醒。

"我不碰他,如何带他回家?"龙初瑶毫不在意地抹掉嘴角的血迹,咬了咬牙,拽起宸华。

"轰隆——"滚滚闷雷在空中凝聚,落霞山的瘴雾落在她身上,让她下意识地皱紧眉头。

龙初瑶曾自嘲命硬,百毒不侵,然而魔界的瘴雾中流动着小小的电流,即便是躲过了毒气,那些电流流窜在五脏六腑间,也像是雪白的刀刃凌虐而过。

龙初瑶紧咬牙关,背起宸华,头也不回地一步步往山下走。

择木的头皮炸开,浑身冒着冷汗:"你放弃吧,不要挣扎了,现在逃,还来得及。"他挡在龙初瑶前面,声音都结巴起来。

"闪开。"龙初瑶一脚踹开择木,踉跄着往前走。

"轰隆!"又一道熔浆溅到她身上,灼烧掉她肩上的一层皮。毒火钻心,她的嘴角缓缓溢出一股鲜血。

"毕方大人虽然元气大伤,但眼前的神君是毕氏魔族关押在落霞山祭天的存在啊……只要他一离开落霞山,所有魔物都会苏醒!要知道你的目标是救走神君,四时大人一定会疯掉的!"择木跳到她身上,想要将宸华从龙初瑶的背上扯下来。

"让开。"她揪住择木的耳朵,将他甩在地上。

泽木在地上滚了一圈,眼泪忍不住落了下来:"你被地火焚身、瘴气钻心,难道都不会痛吗?"

"很痛啊!"每一步都像是走在刀尖上,可是她不能放手。

"那你还不放开他……"泽木的眼泪像断了线的珠子一般滑落地面。

"如果换作从前的我,可能就把他放下了,可是一想到是他把我从慎刑司救出来,帮我妹妹七月除掉瘴气,我就不忍心……而且,他现在这样,也是被我害的。"

龙初瑶说话时,一道焚雷劈下,直接将她击垮在地。身上血肉模糊,汗水混着血水眯了她的眼睛。可她的眼眸依旧光灿夺目,透着无与伦比的信念。

择木被龙初瑶的信念震撼,呆呆地看着她。

都说大贤百姓崇尚诗酒权势,没有信仰……可眼前的少女,分明有着最纯粹的信仰和无瑕的心灵。择木突然明白为什么一向不爱搭理魔族诸事的四时大人让自己帮她,也许就是被她的坚持和纯粹的信仰所感动。

"宸华神君一旦离开落霞山,魔族都会复苏,到那时,你一定会化为灰烬的。"择木眼泪汪汪地大吼。

"虽然我不知道四时大人是谁,但我很感谢他,他既然让你引路,恐怕早就料到我会带走宸华。"

"四时大人才不知道你这么疯狂呢……"

第十章

择木想反驳，却发现从一开始，四时大人就只让他护住前往汶水魔界的人类少女，根本没说别的话。劝阻的声音小了很多，他红着眼眶，伸手想去扶龙初瑶一把，却被地火灼烧掉了一层皮。

龙初瑶轻轻地推开他："你还是离我远一点儿吧。"

后背的衣衫被宸华的鲜血染透，她浑身都透着一股浓重的血腥味儿。

宸华很重，比七月重太多太多，龙初瑶双腿发抖，强撑着踉踉跄跄地往山下走。好几次她都差点儿从落霞山跌落。

"神君马上就要离开落霞山了，最后一次机会。生的机会！"择木红着眼眶，哽咽地说。

"是啊，我们马上就要离开落霞山了。"龙初瑶回过头，冲身后昏厥的宸华莞尔一笑。她的声音轻轻的，透着令人信服的温暖。

踏出落霞山的刹那，"嗡"的一声，天空彻底黑了下来，小魔们聚集在山下，愤怒的咆哮声震耳欲聋。

"放下我……"宸华从震耳欲聋的咆哮声中苏醒过来，虚弱地说道。

龙初瑶不仅没放开他，反而收紧胳膊，咬紧牙关。她忍着锥心的疼痛，摇了摇头："不！我不会放开你的。"

"我让你砸碎的蛇纹坠，你砸了吗？"宸华声若游丝。

"砸碎蛇纹坠，不就向天庭证明你死了吗？我在书上看过，神君之物，生则安然，死则碎。我是识字的，你不会死！我不会砸那坠子！"

小魔们疯狂地往她身上扑，宛如一重重山压下，压得她喘不过气。

倒下的一瞬间，她向宸华承诺："你放心，命运既然让我平安来到汶水魔族，来到落霞山找到你，我一定会带你离开魔族！

189

我……不会让你死在这儿的。"

话音刚落,一股温暖的气息从她身体里倾泻而出,萦绕在她身边,抵御着魔族的侵蚀。

这股不知名的力量让远在魔族之外的小金神色一震,抬眼望去,万年蛮荒的原野,竟然开出了绚烂夺目的花朵。一时间,天地万物,纷纷复苏。

"春神……是春神复苏了吗?"它担忧地望向汶水河畔。

"不是春神……只是个乳臭未干的小姑娘……"有刚从汶水河畔回来的小妖轻叹一声。

话音刚落,小妖突然发出一声惊呼,惊疑地看着腾空飞起的金苑蛇神:"蛇神大人,你干什么去?"

"我听见龙初瑶的声音了。"眺望着汶水的方向,小金瓮声瓮气地说。

"龙初瑶?那是谁?"

"一个我以为平凡,却从来不平凡的少女。我不知道她到底是什么身份,可……"它听见她绝望的哭喊声,也感受到了她的痛苦,更感知到了她的召唤。

它遵从内心,顾不得汶水河畔存在的种种危险,只身穿过布满荆棘的树林,纵身跃入激荡的河水中。

小金惧怕魔族,惧怕汶水中的污秽瘴气,可它控制不住血液中激荡的豪气!

那是千百年来,蛇族蕴藏在血肉中的一股力量。

它们冬眠,在黑暗的泥土中度过无天无日的光阴,直到春雷炸响——它们会从沉睡中复苏,接受春日的召唤。

小金不知道龙初瑶和春神到底有什么关系,但它无法抗拒那样的召唤。

一草一木，皆有因缘，走兽飞禽，谨循天道。

它虽为灵蛇，但修炼得格外缓慢，灵智也不曾开启。它的灵智仿佛是未经雕琢的璞玉，徒具良才美质，缺少一个被开启的契机……

听见龙初瑶的召唤时，它深藏在身体中的灵智终于开启。

它想要去救龙初瑶！

小魔们蜂拥而至，可龙初瑶毫不畏惧。

哪怕血泪蒙住了眼睛，哪怕痛到崩溃……她依旧眼神坚定地站在原地，毫不退缩。

也不知是安慰自己，还是安慰宸华，她略显疲惫的声音在沉闷的空气中，一遍遍回响："宸华，你放心，我一定会带你回去。"

"人类少女！把神君丢下，便可饶你性命！"

毕方重伤，群魔无首。那些低等的小魔化作一道道墨丝，在地上疯狂地游窜，渐渐凝成一条条巨蟒似的黑雾，在天空中纠缠成形，笼罩了大片天空。

滚滚乌云魔影中，渐渐出现一张狰狞可怕的脸……

"饶我？本姑娘不需要你饶！想要留下宸华，可以，有本事你们来抢啊！"凭借强大的信念，龙初瑶每一步都像走在刀尖上。

她的血很快染红了脚下的大地，力气分明已经耗尽，可眼里还是流露着不服输的光芒，笑容明亮得仿佛能撕裂笼罩在头顶的乌云。

"既然你不答应，休怪我们无情了！"那张狰狞可怕的脸怒吼着，降下无数天雷地火。龙初瑶躲闪不及，摔倒在地。

宸华从她背上滚落，龙初瑶挣扎着站起来，擦掉嘴角溢出的血渍。

"你放弃吧……你救不走他的。"择木急得在一旁大吼。

"我既然承诺，要带他离开魔族，就一定说到做到。"龙初瑶强忍着疼痛，一遍遍重复着这句话。

魔物们被龙初瑶激怒，直奔她而来。

眼见乌云魔影即将吞没那浑身是血，却倔强不倒的人类少女，一道金光闪过，瞬间将魔影冲散。

"啊——"低端小魔的尖叫声此起彼伏，狼狈逃窜。

龙初瑶踉跄地背起宸华，抬头望向盘旋在空中的灿灿金光。

"金苑灵蛇？"

"它怎么来了？"

"毕方大人不是夺了它的内丹，将它斩杀于汶水吗？"那团魔影骇然大惊。

一直谨记四时大人教导，跟在龙初瑶身后的择木，在看到眼前的一幕时，大惊失色。他将四时大人的嘱咐抛诸脑后，瞬间化作一团烟雾，狼狈奔逃。

嚣张的笑声响起，小金眯着眼，打量着周围的魔物："蛇爷不发威，你们以为我是吃素的吗？毕方虽然夺了我的内丹，但我睡了一觉，百年的灵力突然就恢复了！上天有好生之德，蛇爷心宽，本来不想与你们一般见识，可你们竟然伤害我要守护的人！"

它现出巨蟒原形，游走在落霞山上，目光所及，宛如金光开道，勃然怒吼间山石迸裂、汶水滔滔，扑灭地火熔浆，直捣遮天蔽日的可怕魔影。

蛇尾扫过处，魔影竟然短暂地涣散，外围许多魔物瞬间化为灰烬。

"蛇神大人饶命……"千万个小魔聚成的灵体以肉眼可见的速度惊惶溃散，有许多心智较为浅薄的小魔，径自逃散求饶。

"废物！不就是一条小蛇……有什么可怕的？"眼见着雾障被

第十章

削去一层,为首凝聚诸魔的妖魔大怒,急忙借着汶水河畔千万年积攒的瘴气稳住了局面。

话音未落,那些想要逃离,却被牢牢锁在雾障中的小魔惊惶地尖叫:"你不害怕,那你别逃!毕方大人不在,这魔族上下,谁能与蛇神为敌?"

"不过是一条灵蛇,内丹都被毕方大人夺了,你们怕它做什么?"

"就是怕啊,刚才它一尾扫来,我百年的修行消失了大半……"小魔们惊恐地尖叫,声音或粗犷,或尖锐……

"小金?你来了?"龙初瑶看着在她头顶盘旋的黄金巨蟒,长舒一口气,露出一个大大的笑容。

"别和蛇爷嬉皮笑脸的,我还没有原谅你呢!"小金傲娇地甩了甩尾巴,"都说了魔界危险,可你还不管不顾地往下跳,这下好了吧,如果我不来你小命就没了。"

"是是是,多谢蛇神大人相助。"龙初瑶忍不住笑出声,然后剧烈地咳了起来,每咳一声,痛苦就会放大一倍,可即使这样,她心中仍有说不出的暖意在弥漫。

"还愣着做什么?上来啊,蛇爷带你们离开这见鬼的魔族!"

就在小金压下身子,想要载着龙初瑶和宸华齐齐离去时,地火突然熊熊燃烧起来,落霞山上的熔浆滚滚而下,电闪雷鸣间,那一团魔影怒声大喝:"金苑灵蛇,擦亮你的眼睛!你要守护的这个人类少女——一门心思只想要你的命!"

"胡说八道!少在蛇爷这儿挑拨离间!"小金对着它吐出一口白浪,顷刻间,那魔影支离破碎。

"我胡说吗?这个人类少女坑蒙拐骗,无恶不作。她接近你,

只是想挖你的蛇胆给她妹妹治病,像她那样的人,势必有一天会坠入魔道,成了妖魔……"

"你胡说!"小金蛇鳞炸开,尾巴胡乱地摆动。

"……是不是胡说……你自己看!"它张狂地大笑,听得人心底发抖。

小金抬起头,只听"唰"的一声,周围弥漫的瘴气裂开,曾经的画面渐渐浮现在眼前。

时光倒流,一切回到最初。

莽莽荒原上,站着一个十五六岁、身穿葛衣的清秀少女。

她紧抿嘴唇,冷漠地望着翻飞的草叶:"灵蛇刀枪不入,极为难缠……要想杀蛇取胆救回七月,看来不太容易……"

她从地上捡起果子,大大咧咧地咬了一口:"不过它有洁癖,只要身上沾了血,就会缩成豆丁大小……"

画面一转,只见她拉扯着捆仙索,一脸不快:"什么破绳子?怎么扯不开?再割不开捆仙索,等它恢复原形,我再想杀蛇取胆,就难如登天了。算了,隔着捆仙索,直接剖开蛇腹吧……"她从靴子里抽出银光闪闪的匕首,直接刺向蛇腹,顿时火光四射。

曾经的一幕幕在小金眼前飞快掠过,它听到龙初瑶追在它身后不离不弃的心声,也听到龙初瑶想杀掉它,取出蛇胆救回七月的心声……

它怔在原地,呆呆地看着瘴气中的画面。暗金色的眼瞳在不知不觉中,蒙上了一层热腾腾的雾气。

"你眼前的人类少女一次次想取你的性命。你在她眼中,不过是一味药、一条畜生而已……金苑灵蛇,你是何等高贵的生灵!何苦要追随这样自私自利的人类?"那团魔影不断地冷笑着。

它的声音一会儿尖锐,一会儿清脆,一会儿苍老……瞬息万变。

它是弥散在天地间的瘴气修炼而成的魔,它知道人类心底一切

的私心,所以把龙初瑶曾经生出的贪念赤裸裸地挖出来,摆在金苑灵蛇眼前。

憎恨吧!愤怒吧!绝望吧!

它兴奋地看着金苑灵蛇痛苦地扭动着身子,发出咝咝的尖啸,看到它眼里浮现的杀意和越来越阴冷的面色。看着狂风席卷,铺天盖地。

种什么因,得什么果,龙初瑶需要为自己的贪念付出代价。

它仰天大笑,一步步诱惑:"杀了她!杀了她!杀了她!"

龙初瑶的心一点点往下沉。

她的确知道自己做错了,她愧对小金的信任,宸华的守护,更愧对……自己的心。

龙初瑶站在原地,看着小金杀气腾腾地冲她而来,闭眼等死的时候,小金却扫开逼近她的一拨拨魔物,对她吼道:"蠢死了,发什么呆啊!快上来!"

龙初瑶错愕地睁开眼,还没等她反应过来,小金直接用蛇尾将她和宸华一同卷起。

"你竟然想杀我!"小金气急败坏地瞪了她一眼,"来日与你算这笔账!现在你抓牢我!"

风声猎猎,雷声阵阵,千万道魔影袭来。万千地火炙烤天际,小金矫健的蛇影穿梭在雷电间。

龙初瑶紧紧抱着它的身子,听着它"咚咚"有力的心跳声,心中涌上一股说不出的滋味:"小金……"

"我知道你想说什么,现在都这个时候了!不用说那些废话!"小金扭过头吼道。

"可是……你不生气吗?"

"生气。"

"生气的话,为什么不对我报仇?"

"蛇爷带你出去之后,自然要和你算清这一笔笔烂账。蛇爷交友不慎,遇上了你,虽然你日日想着杀掉我,取出蛇胆,接近我的目的不纯,但也轮不到这些妖魔来挑唆!"

龙初瑶顿时红了眼眶。

她好像回到一开始,刚和小金相遇的时候。

那时,她想要杀掉它,足足追了它三个多月。可小金心思天真,只以为被人崇拜,还留了很多果子给她,就怕她饿死。后来,为了采摘果子,它摔得遍体鳞伤,浑身是血,又担心她害怕,忍着寒冷跳入河水中把自己清洗干净。再后来,它失去修炼百年的内丹奄奄一息,怕魔族找来连累到她,却因神识全失,险些被残忍的孩子们折磨致死……

现在,它又不顾一切来救她。

黑暗中,小金狼狈地避着火种和天雷,飞得跌跌撞撞。

"轰"的一声,天雷从云层打下,恰好落在宸华的位置。

"不!"龙初瑶下意识地扑上去,护住了濒死的少年神君,可这道雷,结结实实地打在她身上,让她直接晕了过去。

"喂!你没事吧?"小金焦急地大吼。

龙初瑶吐出一口鲜血,鲜血浸湿了蛇身,让小金慌乱起来:"喂,你说话啊!龙初瑶!"

"轰——"又是几道天雷砸下,龙初瑶浑身漆黑,早就不复当初清秀可人的模样。

身上的人类少女好像没了呼吸,一股说不出的愤懑涌入胸腔:"龙初瑶!"小金绝望地怒吼。

"我……"

在小金的怒吼声中,龙初瑶虚弱地睁开双眼,她下意识地护在宸华身边,气若游丝地回应。

"你吓唬蛇爷干什么？蛇爷很难遇见一个像你这么崇拜我的人，为了你不死，蛇爷都克服了对这些瘴气的恐惧来救你，你不能这时候死掉。"小金絮絮叨叨地说。

"你是金苑灵蛇，怎么连瘴气都怕啊？"

"这些脏兮兮的东西，谁看着都犯恶心啊！你别笑！不许笑！一脸血，笑得很难看知不知道……"

"我没事啊，你哭什么？咳咳咳……"

"谁说我哭了？蛇爷上天下地唯我独尊，流血不流泪，什么时候哭了？"小金也不想哭，可当它看到龙初瑶遍体鳞伤，却依然强撑着回应自己的时候，还是忍不住掉下了眼泪。

"那就好……你可是蛇爷啊……"龙初瑶痛得失去知觉，连呼吸都会遭受难以忍耐的痛。她想告诉小金放弃她，带着神君离开，否则连它也会死在这里……可她再也开不了口。她想笑一笑，安慰一下小金，可嘴角的微笑在一点点僵硬……

她眼睁睁看着小金带着它，一边挥尾击退魔族，一边在空中腾飞。可因为太过焦急，魔物众多，它不小心撞到了落霞山上，滑落下来时，身体擦过锋利如刀的石块，渗出斑斑血迹。

龙初瑶的眼泪在不知不觉中落下，不能再这么下去了，倘若只有她一个人，死就死了。可她还有小金，她不能让小金陪她命葬于此。

小金是九天之上的灵蛇，心思单纯，修浩然正道，理应有更加辉煌的前程。何苦为她而受难？

她想推开小金，却浑身无力："我……"

小金挣扎着爬起，晃了晃脑袋，听了半天没听清，急得不停地问："你说什么？"

"我……"

"什么?我听不清!"

"我讨厌你……"龙初瑶拼尽最后的力气,虚弱地吐出这句话后,眼角滑落一滴眼泪,终于狠心推开了小金。

小金身子颤抖了一下,就那么一下,龙初瑶的身子极速往下滑落……她眼中流露出一分欣慰,在她临死之前,能不做金苑灵蛇的累赘,真好!

龙初瑶即将被地火吞没的时候,小金目眦尽裂,尖啸一声,飞快地冲过刀山火海,将她抛回背上。

它的眼里满含热泪,闪动着炙热的火光,怒声咆哮:"不管你是不是讨厌我,在我漫长的岁月中陪伴我的是你!把我从宸华捆仙索中救出来的是你!迷幻林中,为我与魔族一战的人还是你!蛇族的血是冷的,一旦燃烧起来,就绝不熄灭!我蛇族若要守护谁,谁都不能阻拦!包括你本人也不行!"

说话间,小金猛地用脑袋冲破前来阻拦的魔影,轰然巨响中,它额上的三只棱角再次嵌入额心。低等的魔物支离破碎,溅出惨绿色的魔血……

那三只尖角光华绽放,终于显露出上古神蛇的威力。

"不过是小小金蟒,你以为额生角,便是万蛇之祖——金尾烛阴吗?敢在我汶水魔族放肆,齐齐受死吧。"遮天蔽日的魔影追来,怒声咆哮。

"谁死……还不一定呢!"小金毫不畏惧,轰然扫裂山体。崩塌的山脉下,无数的小魔化为灰烬。

魔族大军悄无声息地接近,眼见即将吞噬无力回挡的龙初瑶。

第十章 春神觉醒

魔君毕方突然出现,素白的五指间紧紧握着一柄斩仙飞刀。对于斩仙飞刀,小金一点儿也不陌生,那是可以一化百、百化千、千化万的神器。

那飞刀通体漆黑,在魔族天光的映照下,折射出凛冽寒光。

小金很小的时候,就见过有魔族用斩仙飞刀弑仙,飞刀过处寸草不生,百里之内杳无人迹。龙初瑶不过是区区一介凡人,倘若被飞刀斩杀,怕是会魂飞魄散。可如今,毕方的刀,却恰恰对准的就是龙初瑶。

"龙初瑶……小心!"

眼见飞刀即将斩杀自己背上这个单薄瘦弱的少女,向来洁癖、傲娇、怕疼的小蛇,浑身绽放出无与伦比的金光,以迅雷不及掩耳之势抛开龙初瑶,挡在她面前。

在它的尖叫声响起时,斩仙飞刀贯穿它的全身。

只听到飞刀入肉的声音,龙初瑶浑身一震,整个人被定在原地,她没有力气,只能在心底呐喊:"不要!小金!"

大音希声,大象无形,地脉中,藏着一缕魂魄的水面荡起层层涟漪。无数雪白的奇花盛开,惊艳了京城百姓。

春神觉醒了!

九霄天外,白玉棋盘边,一只纤长的手拈着墨玉棋子,看着阆苑里沉寂万年却突然绽放的雪色奇花,目色幽暗……

淡水河畔是魔族的地盘，在这里妖魔恣意，神君止步，人类胆战。

谢四时从来都知道魔族不相信眼泪，也没有善良的心。确切来说，他们一直坚信一个道理：你不杀人，人类便夺你生机。

所以，当他看见龙初谣来到淡水河畔时，他很犹豫，不知道是否要帮龙初谣。

他身上的伤，是因宸华而起。

宸华粉碎掉他的瘴气，用源源不断的仙气摧残他的骨血，让他濒临死亡。可也是因为他，自己才会在濒死的时候，遇见龙七月。

龙七月纯白无瑕的善念，让他破碎的角重新长出，也让他长出暗黑色的华丽羽翼，使他变成更强大的魔。

龙初谣坠落下来的时候，千万瘴气张牙舞爪地向她扑去。谢四时本该看着她死，却在触碰到她眼神的刹那，心中一动。

龙初谣的眼睛和七月很像，圆润，明亮。最重要的是不染纤尘的信念，让他想到七月，也想到了在谢氏魔族中，最弱的自己。

也罢。他放出尚未被驯化，时常会变成一根小竹条，连他自己都不知道对方是什么生物的择木。

凭她造化吧。择木帮她，她有一丝生机；不帮，生死与自己无关。他对七月，也算是有个交代了。

长风肆起，谢四时丢出灿红色的蛋壳，拉紧帽檐，朝着和龙初谣相反的方向，头也不回地离开了。

天地慈悲，凭尔造化。

—本季完—